투신전기 6권

초판1쇄 펴냄 | 2020년 11월 16일

지은이 | 새벽검
발행인 | 성열관

펴낸곳 | 어울림 출판사
출판등록 / 2009년 1월 23일 제 2015-000062호
주소 / 경기도 고양시 일산동구 무궁화로 43-55, 801호 (장항동, 성우사카르타워)
TEL / 031-919-0122
FAX / 031-919-0127
E-mail / 5ullim@hanmail.net

ISBN 978-89-992-6920-2 (04810)
ISBN 978-89-992-6693-5 (SET)

OULIM ORIENTAL FANTA

6

새벽검 무협 장편소설

투신전기

鬪神傳記

어울림

목차

증명(證明)

"팔락취선(叭樂醉仙) 주태의 애제자. 취광남… 무신각 4층의 주인이오."

"취선이라. 전 무림에 대해서는 까막눈이나 다름없지만, 보통 선(仙)이라는 별호를 가진 분들은 대게 범상치 않은 분들이라는 것쯤은 알고 있습니다."

차를 내려놓는 금발머리의 여인을 보며 무복은 입은 노인은 가볍게 미소 띤 얼굴로 입을 열었다.

"구무림의 강자로 기억되는 것은 검신(劍神)이라 불리던 구황목과 투신(鬪神) 지강천. 이렇게 두 명뿐이지만 실제로 구무림엔 상당한 강자들이 많았소. 그 중 한 명이 바로 주태입니다."

"그럼 그의 애제자인 취광남이라는 사내 또한 상당한 실력자겠군요."

"상당함을 넘어섰소."

노인은 주름진 손가락으로 찻잔을 매만지며 진중해진 얼굴로 말을 이었다.

"취광남이라는 사내는 이미 팔락취선의 소싯적 수준을 넘어섰고, 이미 취락(醉樂)의 끝에 다다른 자요."

"잘됐네요."

금발머리와 푸른색의 눈동자를 지닌 여인은 붉은 입술을 달싹이며 미소 지었다.

노인은 자신의 앞에 앉아 있는 이 색목인의 미소가 참으로 신비롭다고 여겨졌다.

"만약, 그분이 취광남을 넘어 무신각의 5층에 다다른다면 이로써 증명되는 것 아닌가요?"

"당신이 말한 자가 정말로 투신의 제자라면… 그럴지도. 하지만 그리 쉽진 않을 겁니다. 팔락취선은 구무림의 절대강자 중 한 명이며 취광남은 그런 취선을 이미 넘어서고 있으니까요."

노인의 눈빛에선 취광남의 강함에 대한 확고한 믿음이 깃들어 있었다.

이를 느낀 금발의 여인은 찻잔을 재차 들어올리며 고운 입술을 열어 말했다.

"무신각의 정상은 6층이라죠?"

"그곳엔 무신각의 주인이 있소."

"그럼 취선의 제자로는 만족할 수 없겠네요."

대화 내내 미소를 잃어본 적 없던 노인의 얼굴이 다소 딱딱해졌다.

그럼에도 여인의 얼굴에는 여유로움이 가득했다.

"제가 알고 있는 그분은… 4층에서 멈추실 분이 아니거든요."

* * *

쿠웅─!

4층에 있던 온갖 기물들이 붕 떠올라 날아갔다.

이미 탁자나 의자, 서랍 등은 산산조각이 나 원래의 제 모습을 잃어버린 지 오래였다.

가루가 되어버린 나뭇조각들은 사방에 흩날렸고, 무신각의 4층에서 불어닥친 돌풍의 중심에는 두 사내가 서 있었다.

"크으으… 내가 덜 취한건가? 온몸이 저릿저릿하네."

취광남은 몸을 비틀거리며 취기가 오른 눈동자로 태무선을 응시했다.

더 이상 그와 대화할 생각이 없는 건지 태무선의 주먹은 취광남의 안면을 향해 정확히 꽂혔다.

스윽―

'또……'

태무선의 취광남의 안면을 스쳐가는 자신의 주먹을 바라보며 이맛살을 살짝 찡그렸다.

자신이 실수했을 리 없다.

주먹에 담긴 힘은 강철조차 찌그러뜨릴 만큼 강했고, 속도는 날아가는 매조차 떨어뜨릴 정도로 빨랐다.

그러나 취광남의 몸에 닿은 태무선의 주먹은 원하는 바를 달성하지 못한 채 허공을 스쳐갔다.

"어이쿠! 위험… 위험하구만……!"

몸을 비틀거리며 웃는 취광남은 변화무쌍한 움직임으로 태무선의 공격을 피했다.

그리고 이어지는 취광남의 공격.

그는 비틀거리는 몸짓으로도 정확하고 빠른 권각술을 펼쳤다.

취선팔보(醉仙八步).

팔락취선 주태의 보법으로 취기가 최대치로 오른 후에 펼쳐지는, 동선을 예측할 수 없는 그야말로 신묘한 보법이었다.

비틀― 비틀―!

몸을 좌우로 흔들며 태무선에게로 다가온 취광남이 양손으로 태무선의 가슴을 때렸다.

그 속도가 비틀거리는 몸짓이라고 보기엔 너무도 빠르고

날카로웠다.

"으음……!?"

취광남이 의아한 듯 자신의 두 주먹을 바라봤다.

분명 그의 권격은 정확히 태무선의 가슴을 때렸다.

그러나 태무선은 아무렇지 않은 듯 앞으로 전진했고, 오히려 권격의 반동에 의해 취광남의 신형이 뒤쪽으로 밀려났다.

무퇴진일보(無退進一步).

9성에 이른 투령무일체의 무퇴진일보는 앞으로 걸음을 내디디며 힘을 정면으로 쏟아내 상대의 공격을 무력화 시킬 수 있게 되었다.

뒤이어 태무선의 오른발의 빠르게 솟구친 후 내려찍혔다.

무퇴진일보의 천추각.

번개와 같은 속도로 날아드는 태무선의 천추각을 피해 취광남이 몸을 회전시켰다.

콰아앙—!

무신각의 4층이 통째로 흔들리며 바닥이 움푹 꺼졌다.

태무선은 이에 멈추지 않고 신형을 앞으로 날리며 주먹을 내질렀다.

투신무의 오연환격.

다섯 번의 환격을 넘어선 수십 개의 권격이 취광남을 향해 날아들었다.

이를 목도한 취광남의 얼굴이 사뭇 진지해졌다.

'역시 투신의 제자라는 건가?'

취광남은 취선팔보를 극성으로 펼쳤고, 어지럽게 날아드는 태무선의 오연환격을 차례대로 피했다.

쿠구구구궁—!

소나기처럼 쏟아부어진 태무선의 권격 사이로 취광남이 모습을 드러냈다.

'전부 피하는 건 무리였나.'

취광남은 오른쪽 허벅지와 어깨가 뻐근하게 느껴졌다.

취선의 무공이 가지는 취권은 머리끝까지 달아오른 취기 때문에 고통을 거의 느끼지 못한다.

나아가 취기가 오른 신형은 하늘에 떠오른 비단처럼 부드럽고 유연해져 상대방의 힘이 완전히 미치지 못하여 방어를 하지 않음에도 거의 완벽한 회피가 가능하다는 점이었다.

분명, 태무선의 오연환격을 맞이할 준비는 완벽했건만.

취광남은 몸에서 느껴지는 뻐근한 고통에 도리어 웃음이 나왔다.

'얼마만인가, 이런 싸움을 하는 게.'

고통과 함께 찾아오는 흥분감.

취광남은 허리춤에 달려 있던 호리병을 들어 마개를 땄다.

그리곤 그 안에 들어 있는 만량주(晩凉酒)를 들이켰다.

한 방울도 남기지 않은 채 모든 만량주를 들이켠 취광남은 정신이 아득해지는 것을 느꼈다.

'사부가 만량주는 되도록 마시지 말라고 한 이유를 알겠군.'

취선의 무공을 배우기 위해 중원의 모든 술을 섭렵했던 취광남조차 만량주의 강력한 취기는 견디기 버거울 정도였다.

"좋다…! 끄윽!"

마치 하늘을 나는 듯한 기분.

뇌가 녹아내리는듯했다.

"크흑… 크하하하하… 하하하!"

미친 놈처럼 웃던 취광남은 태무선을 향해 완전히 풀려버린 눈동자로 손짓했다.

"좋은 술과… 두 젊은이가 만났으니… 어찌 어우러지지 않을 수 있겠는가… 어울려보자꾸나!"

취광남의 신형이 아까와는 비교도 할 수 없는 속도로 태무선을 향해 다가왔다.

그의 팔은 마치 뼈가 존재하지 않는 연체동물마냥 기형적으로 움직이며 태무선의 몸을 마구 두들겼다.

만취련타(滿醉連打).

팔보취권의 절기 중 하나인 만취련타가 취광남의 두 팔을 빌려 태무선의 앞에 펼쳐졌다.

강력한 망치같다가도 날카로운 연검같다가도 유연한 채

찍을 닮은 듯한 권격이 계속해서 태무선을 몸을 두들겼다.

쉴 새 없이 쏟아지는 취광남의 연타를 온몸으로 받아내던 태무선의 두 눈은 정확히 취광남의 가슴을 응시했다.

'지금.'

끝없이 쏟아지는 취광남의 연타 사이로 태무선의 주먹이 뻗어졌다.

꽝—!

단 한번의 굉음.

"끅!"

단 한번의 신음성.

뒤로 날아간 취광남이 바닥을 연신 구르다가 간신히 신형을 다잡았다.

그리고 그를 향해 태무선이 뚜벅— 뚜벅— 걸어왔다.

"크흐으… 그야말로 괴물…이로구만."

비틀거리며 제자리에 일어난 취광남은 입술을 타고 흐르는 붉은 선혈을 손등으로 닦아냈다.

그의 전심전력을 다한 만취련타를 방어도 없이 온 몸으로 받아낸 태무선은 무복이 찢겨진 것 외에는 멀쩡해 보였다.

"금강불괴… 끅! …이라도 익힌 거냐."

딸꾹질을 하며 비틀거리던 취광남은 멀쩡할 리 없지만, 멀쩡하기 그지없는 태무선을 바라보며 물었다. 태무선은 어깨를 으쓱였다.

"비슷해."

"햐… 사부가 왜 투신을 싫어했는지 알겠구만."

취광남은 자신의 사부인 주태가 왜 그렇게 투신을 싫어했는지 알 것만 같았다.

도저히 끝을 알 수 없는 강함.

수십 년을 노력해도 닿을 수 없을 것만 같은 높다란 벽이 자신의 앞에 나타났다.

"하지만 나는 사부랑은 다르거든……."

취광남은 허리춤에 손을 뻗어 마지막 호리병을 들어올렸다.

극만량주(極晩涼酒).

만량주보다 더 강한 강주(强酒)로써 타고난 주호(酒戶)들조차 마시기를 꺼려하는 술이었다.

한 모금에 나를 잊고.

두 모금에 사람을 잊고.

세 모금이면 세상을 잊는다고 알려진 극만량주를 단 한 번에 들이켠 취광남은 온몸을 부르르 떨었다.

"끄흑!"

입을 벌리자마자 흘러오는 독한 술내음에 태무선이 인상을 찡그렸다.

"이름대로 싸우는군."

사람은 이름을 따라가는 법인가.

취광남이란 이름대로 거나하게 만취한 그는 비틀거리다

못해 거의 쓰러질 것처럼 몸을 휘청거리며 태무선을 향해 다가왔다.

다른 이였다면 몸을 눕히듯 휘청거리는 취광남을 보며 비웃었을 테지만 태무선은 달랐다.

"뭐 이런 주정뱅이가 다 있어?"

비웃는 것 대신 화를 내기로 마음먹은 태무선은 다가오는 취광남을 향해 자세를 살짝 낮추며 주먹을 어깨높이로 들어올렸다.

스으으으—!

투명한 기류가 회오리치며 태무선의 오른주먹에 모여들었다.

무형기(無形氣)는 빈틈없이 태무선의 주먹을 에워쌌다.

"처음 해보는 거라 힘 조절은 못한다. 알아서 막아."

태무선은 자신의 바로 앞까지 다가온 취광남을 향해 주먹을 들어올려 마치 망치로 내려찍듯이 주먹을 내려찍었다.

파혼굉격(破魂宏擊).

"윽!"

쿠구구궁—!!

엄청난 기운이 번개처럼 내리쳤다.

태무선은 주먹을 거두며 손을 폈다 접었다를 반복한 후 만족스러운 표정을 지으며 5층으로 올라가는 계단을 향해 걷기 시작했다.

"꽤 쓸만하네."

이 무신각이라는 곳은 새롭게 익힌 무공을 시험해보기엔 참으로 제격인 곳이었다.

한편, 무신각의 3층에서는 지붕을 뚫고 나타난 취광남을 향해 뒷걸음질하며 당황스러워했다.

"으앗!?"

"뭐, 뭐야?"

놀란 무인들이 뒤로 물러서고 있을 무렵 흑강선이 지붕을 뚫고 바닥으로 내려온 한 사내에게 다가섰다.

"끌끌… 광남이냐."

"끙! 흑노야요?"

사내는 머리가 아픈지 이마에 손을 얹은 채로 고개를 들었고, 흑강선은 취광남을 내려다보며 재미있다는 듯 웃었다.

"결국 네놈도 져버린 모양이구나."

"그렇게 됐습니다."

극만량주의 취기로 만취했던 취광남은 어느새 술기운이 모두 날아간 듯 다소 어두워진 낯빛으로 위를 응시했다.

그는 자신이 뚫고 나온 무신각의 3층 지붕이자 무신각의 4층 바닥을 바라보며 중얼거렸다.

"투신은… 투신이로구만."

취광남은 대자로 드러누우며 눈을 감았다.

극량만주를 들이켰다.

취선의 무공을 극성으로 끌어올렸으나, 취광남은 단 한 번의 권격을 이겨내지 못했다.

실로 완벽한 패배였다.

"아아… 죄송해요 사부. 져버렸습니다."

* * *

쿠우웅!

지축을 울리듯 들려오는 커다란 굉음과 함께 찾아온 진동.

천장을 환히 밝히고 있는 등불이 좌우로 크게 움직이며 진동하자 노인이 장죽을 피고 있는 금발의 여인을 향해 고개를 살짝 숙였다.

"만주의 말이 맞군요. 4층으로는… 만족하지 못하신다는…….."

"말씀드렸잖아요. 제가 알고 있는 그분은 4층으로는 만족하지 못하신다고."

"하지만 좋아하기는 아직 이릅니다. 5층에는 무형검객 (無形劍客) 참혼이 있으니."

"무형검객이라…….."

금발 여인의 푸른색 눈동자에 작은 이채가 어렸다.

걱정과 근심과는 거리가 먼 흥미로운 눈빛이었다.

"그분은 어떤 자인가요?"

"참흔의 검은 실제로 보아야 합니다. 그러면 그가 왜 무형검객인지 알 수 있게 되지요."

"재미있네요. 직접 보지 못해 안타까워요. 대신에 그분께 어땠는지 여쭤봐야겠군요."

"그자가 참흔을 이길 수 있을 거라 믿으시는 겁니까?"

노인의 물음에 여인이 장죽에서 희뿌연 연기를 내뱉으며 당연하다는 듯 고개를 끄덕였다.

"누누이 말씀 드렸듯… 제가 알고 있는 그분은 5층에 만족하실만한 분이 아니십니다."

노인은 손을 뻗어 자신의 장죽을 들어올리며 고개를 끄덕였다.

"더욱 궁금해지는군요. 쉽사리 누군가를 믿지 않는 만주께서 이토록 신뢰하는 자라니."

"제가 마교를 돕게 된 것은 전부 그분 덕이니까요."

과거를 회상하는지 만주의 눈빛이 살짝 아련해졌다.

"노부께서도 만족하실 겁니다."

"기대하지요."

* * *

무신각의 5층.

촛불 몇 개만이 유일한 빛을 내뿜는 어둑한 건물로 들어선 태무선은 그 안에서 조용히 검을 닦고 있는 한 남자를 발견했다.

나이는 40대를 조금 넘은 듯한 중년인.

그는 검을 마른 천으로 닦다가 무신각의 5층으로 올라온 태무선을 향해 고개를 들었다.

그의 얼굴엔 목까지 이어지는 기다란 검흔이 새겨져 있었고, 머리카락은 회색의 빛을 띠었다.

"올라 왔는가."

"대체 끝이 어디야?"

태무선은 답답한 듯 무신각의 천장을 올려다보았다.

벌써 5층까지 올라왔건만 중년인의 뒤에는 6층으로 올라가는 계단이 보였던 것이다.

"자네가 4층의 주인과 싸울 때 느껴졌네."

무릎을 꿇은 채로 앉아 있던 중년인은 한쪽 발을 앞으로 뻗으며 닦고 있던 검을 천천히 거둬들였다.

"오랜만에 보는 강자로군."

"혹시 무신각의 정상이 몇 층인지 알고계십니까?"

태무선의 물음에 중년인이 안타까운 듯한 목소리로 답했다.

"6층에 무신각의 주인이 살고 있지. 하지만 자네가 그자를 만나게 되는 건… 오늘이 아닌 듯하군."

"어디 외출이라도 한 겁니까?"

예상치 못한 질문이었을까.

중년인은 대답 대신 정돈된 호흡을 내뱉었다.

규칙적이며 아주 느린 호흡.

태무선은 중년인과 그의 검을 함께 응시하다가 오른손으로 뒷머리를 긁적였다.

"아휴."

깡—!

아무것도 없는 허공에서 날카로운 쇳소리가 울려퍼지고 중년인의 검신이 파르르 떨렸다.

"호."

감탄한 듯 자신의 검신의 떨림을 느끼던 중년인은 어느새 주먹을 앞으로 뻗은 채 서 있는 태무선을 바라봤다.

"보았는가."

"봤으니 때렸겠죠."

"당돌한지고. 내 이름은 참흔이다. 무신각 오층(五層)의 주인이며 별호는 무형검객(無形劍客)일세."

"태무선. 별호는 딱히 없습니다."

"좋은 이름이로다."

중년인이 완전히 몸을 일으킴과 동시에 자세를 낮췄다. 이를 지켜보던 태무선은 번거로운 듯한 표정으로 중년인을 바라보다 양손을 내리깔았다.

"쾌검이라……."

참흔의 손이 보이지 않는 듯한 속도로 움직였고, 그의 검이 일말의 바람소리조차 내지 않은 채 태무선을 향해 날아들었다.

그야말로 무형검(無形劍).

눈에 보이지 않는 엄청난 쾌검으로 인해 참흔의 검과 그의 손은 마치 애초에 존재하지 않는 듯했다.

"음……!"

참흔이 짧게 신음했다.

검은 머리카락 허공에 휘날렸다. 태무선의 머리카락이었다.

'빠르군.'

참흔은 어느새 자신의 앞에 당도해 있는 태무선을 발견했다.

그의 검격이 태무선의 목과 그의 어깨를 노렸으나, 그것이 닿기도 전에 태무선은 이미 그의 앞에 당도했다.

그 덕에 참흔의 검은 태무선의 머리카락을 몇 가닥 자르는 것 말고는 허공을 갈라야 했다.

"빠르네."

태무선의 왼발이 아무것도 없는 맨 바닥을 내리찍었다.

나름대로 빠르게 몸을 날려봤으나 참흔은 그의 쾌검만큼이나 빠르게 움직여 태무선의 천추각을 피해낸 것이다.

물론, 실망할 틈은 없었다.

태무선은 신형을 휙 돌려 오른손을 휘둘렀고, 그의 손등과 참흔의 검이 빠르게 맞붙었다.

까앙—!

날카로운 쇳소리와 함께 참흔이 검을 쥔 채로 신형을 한 바퀴 돌린 후 검을 휘둘렀다.

한 번의 움직임에서 뿜어져 나오는 다섯 번의 검격이 태무선의 머리, 가슴, 하복부, 허벅지, 오른쪽 무릎을 차례대로 노렸다.

"흡!"

자신의 온몸을 훑듯이 날아드는 참흔의 검격을 향해 태무선이 오른발을 차 올렸다.

무퇴진일보의 비선각(飛扇脚)이 머리부터 차례대로 베어오는 참흔의 검격을 한 번에 쳐냈다.

다섯 번의 충격음과 함께 참흔이 뒤로 물러서며 검을 거두었다.

'광흔비참(光痕匕斬).'

짧은 빛무리와 함께 날카로운 검격이 공간을 꿰뚫었다.

바람소리조차 들려오지 않았으니, 태무선의 콧등에 짧은 자상이 새겨지며 피가 튀어올랐다.

"또 보았는가."

"봤으니 때렸겠죠."

태무선은 오른주먹을 위로 올려치는 형세로 서 있었는데 참흔의 검은 허공으로 솟구친 채로 부르르 떨렸다.

자칫했다간 검신이 두 동강 날 뻔한 참흔의 눈동자는 흥분으로 가득 찼다.

'오랜만의 강자라 여겼건만… 이건 상상 이상이다!'

팔락취선 주태의 애제자인 취광남을 별 어려움 없이 꺾고 올라왔기에 강자라는 것은 분명했다.

하지만 그 정도가 참흔의 상상을 훨씬 상회했다.

광흔비참은 참흔이 가진 쾌검 중에서도 가장 빠른 쪽에 속했다.

그럼에도 태무선은 참흔의 검결을 정확히 읽고 쳐냈다.

'보았음에도 막거나 피하지 않는다라.'

공격엔 공격으로 응수한다. 태무선의 싸움법은 상당히 흥미로웠다.

자신의 생각이 맞음을 확인하기 위해 참흔은 검을 거두며 물었다.

"혹 나를 상대로 방어나 회피는 필요 없다… 생각하는 겐가?"

참흔의 물음에 태무선이 양 손목을 가볍게 돌리며 고개를 가로저었다.

"저도 참으로 아쉽게 생각합니다만, 저는 막거나 피하는 법은 배우지 않았습니다. 아주 애석한 일이지요."

"막거나 피하는법을 배우지 않았다라……."

방어와 회피는 무공에 있어서 필수불가결한 요소였다.

공격만큼이나 중요한 것이 바로 막는 법과 피하는 법이었기 때문이었다.

이 세상에 공격만이 존재하는 무공이 있다?

그 질문에 대한 답은 참흔이 아는 한 단 하나밖에 없었다.

"투신의 계승자로구나."

자신의 말에 태무선이 고개를 끄덕이는 것으로 대답을 대신하자 참흔의 눈에는 광기에 가까운 흥분감으로 가득 찼다.

"강한 꼬맹이라 생각했건만, 투신의 제자였다니… 무신각으로 오길 잘했다는 생각이 드는구나."

참흔은 무표정한 얼굴로 태무선을 향해 왼손을 내밀고 오른손으로는 검을 자신의 허리춤으로 끌어당겼다.

"나는 항상 투신의 강함을 의심해왔다. 검의 정점에 달한 검신과 대등하게 싸울 수 있다는 존재가 있었다는 것이 말이야… 그러니 내게 보여주겠느냐. 투신의 강함을."

구황목과 지강천이 참흔의 입을 통해 거론되자 태무선은 잠시 고민에 빠진 듯 허공을 응시했다.

그러자 참흔이 경고했다.

"무슨 생각을 하는 진 모르겠으나, 내게선 눈을 떼지 않는 것이 좋을 것이다. 이건 처음이자 마지막 경고다."

"싫든 좋든 난 투신의 제자라서 말입니다."

무료하거나 혹은 번거로운 듯한 태무선의 눈빛이 돌변했다.

사뭇 진지해진 태무선의 눈빛을 보며 그가 진짜로 마음을 먹었으리라 생각한 참흔의 손에 힘이 들어갔다.

핏줄이 돋아나고 검을 쥔 손에서는 거력의 내공이 느껴졌다.

24

'이제부터가 진짜인가!'

태무선은 투기가 걷잡을 수 없을 정도로 상승하고 있는 참흔을 보며 왼손을 내밀었다.

"제자 노릇하는 것도 보통 귀찮은 일이 아니구만."

제자 노릇이란 게 태무선의 생각보다 귀찮은 일이었다.

'와라!'

참흔은 태무선을 바라보며 언제든 출검할 준비를 했다.

그의 검은 힘을 잔뜩 머금은 화살보다 빠르게 날아가 적을 꿰뚫을 준비를 했으니, 참흔은 태무선이 움직이기만을 기다렸다.

그리고 그 순간, 태무선의 주먹이 움직였다.

"아⋯⋯."

놀라운 쾌검만큼이나 놀랍도록 뛰어난 동체시력을 가진 참흔의 두 눈에 눈부시게 빛나는 은색 빛무리가 가득 들어왔다.

은빛으로 빛을 내는 빛의 조각들은 사방으로 흩어졌고, 꿈같은 시간이 지나는 순간 참흔의 손에는 손잡이만 덩그러니 남은 그의 검이 들려 있었다.

"이것이⋯ 네가 가진 가장 강력한 권격인가?"

참흔은 검이었던 것의 손잡이를 쥔 채 물었고, 태무선은 담담히 대답했다.

"아직은."

"하…하하… 하하하!"

'아직은'이라는 태무선의 대답을 들은 참흔은 옆으로 비켜서며 무신각의 6층으로 올라가는 길을 터주었다.

"올라가라."

순순히 길을 열어주는 참흔 덕분에 태무선은 그를 지나쳐 계단을 따라 무신각의 6층으로 올라갔다.

그의 뒤를 지켜보던 참흔은 자신의 손에 남겨진 검의 손잡이를 내려다보며 씁쓸하면서도 많은 감정이 담긴 눈빛을 한 채 말했다.

"아직은…이라…….."

자신의 모든 것을 깨부순 그의 권격은 참흔이 본 중원무림에서 가장 강력한 권(拳)이었다.

그럼에도 태무선은 '아직'이라 말했다.

그 말은 아직 그에겐 올라서야 할 경지가 남아 있다는 뜻이었다.

"투신은 투신이로군."

참흔은 이제는 자신의 생명을 다한 검의 손잡이를 놓아주며 홀로 남겨졌다.

* * *

마침내 올라온 무신각의 6층.

태무선은 높다란 권좌에 대충 앉아 있는 한 남자를 발견했다.

헐렁거리는 회색 무복을 대충 걸쳐 입고 부스스한 머리
는 대충 정돈되어 있었다.

길거리 골목어귀에서나 볼 법한 허름한 몰골의 남자를
발견한 태무선은 남자를 향해 말했다.

"여기가 무신각의 정상입니까?"

"음……?"

팔걸이에 목을 대고 잠을 청하던 남자는 태무선이 올라
온 지도 몰랐는지 부스스한 머리를 긁적이며 게슴츠레하
게 눈을 뜨며 태무선을 응시했다.

"넌 누구냐?"

"태무선입니다."

"여긴 왜 왔어?"

"비역만의 만주를 만나러 왔습니다."

"그게 누구지……."

머리를 긁적이던 남자는 비역만의 만주가 누구인지 모르
는 듯했다.

이자를 통해서는 만주를 찾을 수 없음을 직감한 태무선
은 고개를 두리번거리며 무신각의 다른 층으로 통하는 계
단이나 공간을 찾아봤지만, 무신각의 정상에선 더 이상 올
라가는 계단은 존재하지 않았다.

"만주를 모르신다면 이만 돌아가겠습니다."

이미 무신각의 초입부터 5층까지 끊임없이 싸우느라 귀

찮아질 대로 귀찮아진 태무선은 무신각의 정상에서 미련 없이 등을 돌렸다.

그때였다.

무신각의 계단이 굳게 닫히며 출구가 막힌 것이다.

"아무래도 노야가 싸우라는 것 같은데."

"노야?"

"아아… 이 무신각을 세운 노인네."

"당신이 무신각의 주인이 아닌 겁니까?"

"내가 맞긴 한데… 그게 좀 복잡해. 방 노야가 무신각을 세웠고, 내게 주인자리를 넘겨줬거든, 뭐 나야 공짜 밥도 주고 공짜 방도 줬으니 만족하며 쓰고 있던 거고."

오랫동안 몸을 움직이지 않았던 건지 남자는 기지개를 켜며 짧은 신음소리를 흘렸다.

"끄흥! 무신각이 세워진 이래로 단 하루만에 6층까지 올라온 사람이 없었어. 네가 처음이야."

"그럴만하군요."

"왜? 나를 이기면 무신각을 가질 수 있는데."

"귀찮거든요."

"귀찮아? 하긴 귀찮긴 하지. 하지만 무신각의 주인이 되면 아무도 건들지 않아서 편해. 하루 종일 놀고먹고 할 수 있거든."

누구도 건들지 않아 하루종일 놀고먹을 수 있다는 남자의 말에 태무선의 눈이 반짝였다.

28

"아무도 안 건든단 말입니까?"

"그래 하루 종일 놀고먹고… 원한다면 매일 잠만 잘 수 있지."

"대단하네요."

"그치?"

처음이었다.

마교의 교주가 될 때에는 느껴볼 수 없었던 이 감정.

태무선은 처음으로 무신각의 각주 자리가 매우 탐이 났다.

뭔가가 이렇게 탐이 나는 것은 처음이었기에 태무선은 실로 오랜만에 가슴이 뛰는 것 같았다.

"어때 갖고 싶지?"

"탐이 나는군요."

"그럼 싸우는 거다?"

"그래야 합니까?"

"방 노야와 약속이거든, 상대가 누구든 6층으로 올라온 이상 싸워야 해."

남자는 허리를 좌우로 꺾은 후 손목과 발목을 차례대로 풀어주고 마지막으로 목을 좌우로 꺾으며 빙긋 웃었다.

"권사야?"

"그렇습니다."

"그럼 이대로 싸워도 괜찮겠네?"

태무선은 고개를 끄덕이는 것과 동시에 주먹을 치켜들었

고, 그의 주먹과 남자의 주먹이 동시에 맞부딪쳤다.

꽝—!

귀청을 때리는 굉음과 함께 태무선이 투덜댔다.

"여기는 기습이 특기인가?"

"꾸물대는 것보단 좋잖아?"

"그건 그렇지."

태무선과의 한 합을 나눈 남자는 뒤로 멀찍이 물러서며 자신의 주먹을 내려다보았다.

철쇄권(鐵碎拳). 바위를 부수고, 강철조차 부순다고 하여 붙여진 자신의 별호.

남자는 자신의 권격을 맞고도 멀쩡히 서 있는 태무선을 보며 천진난만한 웃음을 지었다.

"내 이름은 초월이다. 권사 중에 나와 손을 나누고 멀쩡한 사람은 아주 오랜만이야."

"권사랑 싸우는 건 오랜만이네."

오랜만에 만나는 권사와의 싸움.

태무선은 왠지 모를 익숙함에 주먹을 말아쥐었다.

'오랜만이야.'

권투(拳鬪)

꽝— 꽝— 꽈앙—!

태무선과 초월의 신형이 가까워졌다 멀어지기를 반복했다.

둘의 소매는 이미 권풍에 의해 찢겨져 먼지가 된지 오래였으며, 두 무인이 마주했던 곳은 움푹 패여 흉흉한 모습으로 변해 있었다.

막거나 피하는 것 따위는 없었다.

서로가 서로에게 주먹을 날렸고, 그들의 주먹은 어김없이 서로의 주먹을 때렸다.

그러기를 수차례, 태무선과 초월의 두 눈에선 투기로 불

타올랐다.

"재미있네!"

초월은 처음으로 자신을 찾아온 이 젊은 권사에게 엄청난 흥미가 생겨났다.

자신의 권격을 막거나 피하는 것 없이 정면으로 대항한 자는 태무선이 처음이었다.

"너는 진심으로 싸워도 될 것 같네."

태무선과 나눈 권합이 마음에 들었는지 초월의 얼굴엔 웃음꽃이 피었다.

그와 동시에 초월의 전신에서 화끈한 열기가 내뿜어졌다.

* * *

"초월은 어떤 자입니까?"

"초월은⋯⋯."

노인은 장죽의 재를 털어내며 말했다.

"내가 본 천재들 중 단연 으뜸이었소."

방중.

가진 것은 오로지 돈밖에 없었던 그는 수많은 부지를 거느린 안휘 일대의 거부(巨富) 중 한 명이었다.

수많은 하인들을 거느리고, 실력 있는 무인들조차 돈으

로 거느렸기에 방중을 건드릴 수 있는 자는 중원에 존재하지 않는 듯했다.

단 한사람을 제외하고는…….

"나를 돈으로 사겠다고? 하!"

방중의 제안을 들은 남자는 헛웃음을 짓더니 주먹을 들었다.

눈 한번.

그래 단 한번 깜박이는 것으로 방중은 자신이 거느리고 있던 수많은 무인들을 잃었다.

남자의 주먹은 단 한 번의 권격으로 두세 명의 무인을 쓰러뜨렸다.

감히 대항할 수 없는 절대적인 힘.

방중은 두려움에 떨며 그 자리에서 바지를 적실 수밖에 없었다.

"나를 사려거든 천하를 바쳐야 할게다."

이 말을 끝으로 남자는 방중의 곁을 떠나갔고, 방중은 그가 완전히 사라질 때까지 제자리에 못 박힌 듯 서서 움직일 수 없었다.

그날부터 방중은 자신의 가문을 돌보지 않은 채 중원 곳곳을 돌아다니며 그 남자에 대항할 수 있을만한 무인들을 찾아다녔다.

그의 무(武)에 대한 집착은 날이 갈수록 심해졌고, 그의 가문이 몰락할 때까지도 방중은 강자를 찾아다녔다.

그렇게 검게 빛나던 방중의 머리카락이 힘을 잃어갈 때쯤 정사대전이 벌어졌다.

승자는 무림맹과 검신, 구황목.

방중은 자신의 모든 것을 잃어버린 기분이었지만, 여전히 무(武)에 대한 집착은 놓을 수 없었다.

그는 남은 전 재산을 모두 털어 건물을 세웠다.

그리고 그의 머리가 희게 새어버릴 때쯤 방중은 한 사내를 만났다.

"네가 한 짓이냐?"

늙어버린 방중의 물음에 사내는 들고 있던 무인의 목을 내려놓으며 고개를 끄덕였다.

"왜?"

수십 명의 무인들을 홀로 상대한 것으로도 모자라 압도적인 힘으로 승리한 사내를 보며 방중은 심장이 세차게 뛰고 있음을 느꼈다.

수십 년간 그가 찾아다니던 그 사내를 비로소야 만난 것이다.

게다가 더욱 놀라운 것은 사내가 가진 박투술은 삼류 무인이라면 누구나 익힐 수 있는 삼류무공 중의 삼류무공.

즉, 아주 기초적인 박투술이었기 때문이었다.

방중은 늙어버린 자신의 손을 내밀며 말했다.

"너를 더욱 강하게 만들어주마."

그것이 초월과 방중의 첫 만남이었다.

"놀라운 재능을 지닌 사내. 그가 바로 초월이로군요."

과거 얘기를 모두 들은 금발의 여인이 미소 띤 얼굴로 흥미롭다는 듯 말했고, 방중은 고개를 끄덕이며 자신의 두 손을 맞잡았다.

"놀라운 재능 그 이상이었소. 그래서 나는 오랫동안 간직해온 무공서를 그 사내에게 주기로 하였소."

"꽤 귀히 여기던 무공이군요?"

"과거, 권왕이라 불리던 문후의 권법인 용열신권(鎔熱身拳)."

권왕(拳王), 문후의 무공. 용열신권의 권법서.

안휘의 거부였던 방중의 가문을 무너뜨린 장본인.

방중은 자신의 전부라 할 수 있는 문후의 권법서를 사내에게 내밀었고 다짐했다.

'이 자를 최강으로 만들겠다.'

오랫동안 준비했기에 방중은 착실히 모아둔 내단을 천재적인 재능을 가진 사내, 초월에게 건네주었다.

방중의 전폭적인 지지에 힘입어 초월은 해를 넘길 때마다 엄청난 발전을 이뤄냈다.

초월이 준비가 되었다고 생각한 방중은 비로소 한 건물을 세웠다.

무신각.

이는 방중이 마련한 마지막 단계였다.

아무리 강한 힘을 갖고 있어도 실전에 관한 경험이 없으면 아무 짝에도 쓸모없었다.

그렇기에 방중은 무신각을 세우고 무인들을 불러들였다.

초월의 좋은 경험이 될 재료들을.

"이제 완벽해졌소."

방중은 가볍게 박수쳤다. 만족스러운 얼굴로.

"투신의 제자가 나타났으니."

"노야에게 무에 대한 집착을 만들어낸 장본인이… 바로 투신 지강천이로군요."

여인이 장죽에 불을 피우며 묻자 방중이 고개를 끄덕였다.

"그가 죽었다는 소식에 난 하늘이 내려앉는 기분이었소. 내가 모든 것을 포기한 채 뒤쫓던 것이 끝내… 그림자라는 것을 깨달은 느낌이었지. 그런데 마침 당신이 내게 왔소."

방중은 장죽을 피우는 금발청안(金髮靑眼)의 여인을 똑바로 응시했다.

"비역만의 만주, 장호련."

"제게 비호를 약속한 이유는 제가 투신의 제자의 행방을 알고 있기 때문이군요."

"그게 아니라면 굳이 독을 가득 품은 비역만을 거둘 이유가 없지 않겠소."

"결국……."

장호련은 가볍게 고개를 위아래로 흔들며 태무선을 떠올렸다.

'당신이 저를 넘어지게 만들고, 다시금 일으켜 세우는군요.'

묘한 기분이었다.

장호련은 장죽을 피우며 머리위로 떠오르는 희뿌연 연기를 가만히 바라보다 방중을 향해 입술을 열어 말했다.

"약속은 잊지 않으셨겠지요."

"물론. 이는 비역만도 마찬가지요."

"물론입니다."

장호련은 이번에 자신의 모든 것을 내걸었다. 그녀가 방중과 한 약속은 일종의 내기였다.

투신의 제자인 태무선이 무신각의 주인인 초월을 꺾고 새로운 무신각의 주인이 될 경우 무신각은 장호련에게 귀속된다.

즉, 태무선이 승리할 경우 무신각은 장호련의 것이 된다.

대신 초월이 태무선에게 승리할 경우 비역만과 장호련은 무신각, 즉 방중의 것이 된다.

서로의 모든 것을 걸고 시작한 내기.

장호련은 자신의 시야를 흐릿하게 만드는 회색빛 연기를 내뿜으며 생각에 잠겼다.

'물러섬이 없는 당신에게 다시 한 번 판돈을 걸어보겠습니다. 대신······.'

장호련의 시선이 무신각의 정상에 닿았다.

'이번 판돈엔 제 목이 걸렸으니 꼭 이기셔야 할 겁니다. 태무선.'

* * *

'아, 목말라.'

초월과의 싸움을 재개한 태무선은 타들어가는 목마름에 물이 마시고 싶었다.

전신이 열기와 투기로 가득해진 초월의 권격에는 타들어가는 듯한 열기로 가득했다.

그야말로 열권(熱拳)!

태무선은 초월의 열권을 쳐내며 심호흡했고 이내 인상을 찡그렸다.

'뜨겁네.'

목이 바짝 마르고 온몸의 수분이 증발하는 기분이었다.

태무선은 초월을 보며 걸어다니는 태양(太陽)이라 생각했다.

그만큼 초월이 내뿜는 열기는 태무선의 미완성된 금강신의체를 뚫고 들어올 정도로 뜨거웠다.

'대단한데.'

반면에 초월은 태무선을 보고 꽤나 감탄하는 중이었다.

지금까지 자신의 용열신권을 정면으로 대항하고도 멀쩡히 서 있는 사내는 태무선이 처음이었다.

용열신권은 열기로 승화하는 내공을 끊임없이 내뿜는 것이 특징이었는데, 타들어가는 듯한 뜨거운 열기를 내뿜는 대신, 엄청난 내공소모를 야기했다.

'이렇게 즐거운 건 오랜만이지만… 시간을 오래 끌 순 없지.'

방중의 아낌없는 지원으로 내공이 넘쳐나는 초월이었으나, 그에게도 한계란 존재했다.

용열신권은 그야말로 내공을 집어삼키는 괴물과도 같은 무공이었기에 초월은 자세를 가다듬으며 뜨거운 열기를 들이마시며 호흡했다.

"흐읍!"

초월이 단숨에 몇 장을 도약하며 태무선을 향해 바짝 다가섰다.

다른 무인이었다면 뒤로 물러서며 초월의 공격에 대응하려 했겠지만 태무선은 오히려 몸을 앞으로 뻗었다.

'역시!'

태무선은 다른 무인들과 달리 물러서거나 피하지 않는다는 것을 몸소 깨달은 초월이었다.

그는 양 주먹을 차례대로 뻗었고, 태무선은 그의 주먹에 대항해 자신의 주먹을 내질렀다.

'지금.'

자신의 주먹이 태무선의 주먹과 맞닿으려는 순간, 초월은 주먹쥔 손을 쫙 펼쳐 태무선의 주먹을 감싸쥐며 나아가 태무선의 팔을 자신의 겨드랑이에 밀착시켰다.

태무선은 자신의 두 팔을 결박시키며 몸을 바짝 밀착하는 초월을 향해 무심히 말했다.

"남자는 취향이 아닌데."

"나도야."

빙긋 웃으며 하얀 치아를 뽐내던 초월의 몸에서 어마어마한 열기가 뿜어져 나왔다.

'초열지옥(焦熱地獄).'

상대를 자신의 몸으로 결박해 엄청난 열기를 내뿜는 무공.

초열지옥을 전개한 초월의 몸이 마치 뜨거운 열기를 머금은 화로처럼 타올랐다.

'목 말라……'

태무선은 머리부터 발끝까지 타들어가는 기분을 느꼈다.

온몸의 수분이 증발하는 기분, 탈수증세가 나타나는지 입 안이 바짝 말라갔다.

"견딜 수 있겠어?"

초월이 웃는 낯짝으로 묻자 태무선이 못마땅한 얼굴로 초월을 마주했다.

"물 좀 있어?"

"물론이지. 네가 쓰러지면 줄게."

"있다는 거지?"

"그……."

우드드득—!

초월은 태무선을 결박한 자신의 두 팔이 벌어지기 시작함을 느꼈다.

힘으로는 누구에게도 밀려본 적 없었고, 초열지옥을 전개한 이상 상대는 타들어가는 열기에 힘이 빠져 혼절하곤 했다.

무공이 약한 자들은 초열지옥을 견디지 못하고 목숨을 잃기도 했는데, 태무선은 오히려 자신을 결박한 초월의 두 팔을 벌리기 시작했다.

"내게 이 정도로 견디는 사람은 네가 처음이다. 그리고… 초열지옥을 부수려는 자도 네가 처음이고."

"물이나 내 놔."

쿵!

태무선이 진각을 밟자 둘의 신형이 살짝 떠올랐다.

뒤이어 태무선은 두 다리를 동시에 들어올려 초월의 가슴에 두 발을 내질렀다.

퍼억—!

태무선의 두 발과 초월의 가슴이 서로 맞닿았고, 절대 풀린 적 없던 초월의 초열지옥이 풀리며 그의 신형이 뒤로 밀려났다.

"어휴 땀나."

초열지옥에서 벗어난 태무선은 이마에 흐르는 땀을 닦으며 축축해진 무복의 느낌이 마음에 들지 않는 듯 인상을 썼다.

"하하…하."

모든 게 처음이었다.

자신에게 이정도로 대항한 권사도 처음이었고, 초열지옥이 깨진 것도 처음이었다.

새로운 느낌에 신선함을 느끼던 초월은 오른주먹을 강하게 말아쥐며 태무선을 쏘아봤다.

"인정하지. 넌 내가 만난 무인들 중 가장 강해!"

신이 난 듯한 초월의 목소리.

그러나 태무선의 얼굴에선 별 감정을 느껴볼 수 없었다.

그나마 느껴볼 수 있는 감정이라고는 권태로움이었다.

"목마르니까 빨리 끝내자."

귀찮음이 묻어나는 태무선의 말에 초월이 내공을 최대한으로 끌어올리며 고개를 끄덕였다.

"원한다면."

초월의 신형이 잔상을 남긴 채 사라졌다.

눈 한번 깜박이는 시간만에 공간을 도약한 듯 태무선의 앞으로 다가온 초월의 주먹은 붉은 권강으로 불타오르고 있었다.

극열지천권(極熱地天拳).

용열신권이 가진 최강의 절기이자 권법.

극양의 기운으로 상대를 불태우다 못해 재로 만들어버리는 권왕의 권격이 태무선을 향해 정오의 태양빛처럼 내리꽂혔다.

태양처럼 빛나는 초월의 권격을 응시하던 태무선의 표정은 여전히 담담했다.

초월은 분명 강한 권사이자 무인이었다.

허나 만족스럽진 않았다.

'권사로서는 노인네보다 약하고, 무인으로서는 구황목보다 약하다.'

자신이 뛰어넘어야 하는 무인들은 당대 적수가 없는 무적자라고 불리던 신(神)의 반열에 오른 자들이다.

그러니… 이제 비켜.

태무선의 권격이 초월의 극열지천권을 향해 뻗어졌다.

콰—앙!

천지를 울리는 폭발음과 함께 무신각의 6층 외벽이 통째로 날아갔다.

그와 동시에 한 사내의 신형이 무신각의 기왓장을 부수며 날아와 지붕의 끝자락에 걸쳐졌다.

사내의 정체는 바로 초월.

상의 무복은 완전히 찢겨져 꽃잎처럼 흩날리고 있었고, 그의 복부에는 선명한 주먹자국이 새겨져 있었다.

"하아."

초월은 울컥이며 피를 토해냈고, 태무선은 탁자위에 올려진 물통을 들었다.

그때 태무선의 이마에 쌍심지가 켜졌다.

"이런 쌍⋯⋯!"

물이 들어 있어야 할 물통엔 물이 없었다.

*　*　*

"이해할 수 없구려."

초월의 패배 소식을 전해들은 방중은 이해할 수 없다는 듯 무신각의 정상을 올려다보았다.

그곳엔 처참한 패배의 흔적이 남아 있었다.

"약속은 지키셔야 합니다."

"물론이오. 헌데… 한 가지 묻고 싶은게 있소만."

"그게 뭐죠?"

"투신은 도대체 뭐가 다른 거요? 도대체 무엇이 투신을 강하게 만드는 건지… 난 알 수가 없소."

"그러게요."

방중의 물음에 장호련은 뻥 뚫린 무신각의 6층 외벽 사이로 물통을 든 채 마구 인상을 쓰고 있는 태무선을 바라보며 어깨를 으쓱였다.

"저도 궁금하네요."

방중은 약속을 지키기로 하였고, 무신각의 모든 결정 권한을 가진 그만의 옥새는 장호련의 손에 들어갔다.

이에 장호련은 시원한 냉수를 가득담은 물통을 쥐고 무신각의 6층으로 올라갔다.

"오래만이에요. 교주님."

익숙한 목소리에 고개를 돌린 태무선은 장호련을 발견하곤 반가운 표정을 지었다.

"자 받아요. 이걸 찾으셨죠?"

"만주."

장호련을 발견한 태무선은 그녀가 내민 물통을 받아 그 안에 들어 있는 차가운 냉수를 단 한 모금에 들이마셨다.

목이 타들어가는 듯한 탈수증에 시달리던 태무선은 장호련이 가져온 냉수에 크게 만족했다.

"시원하네."

"다행이에요. 교주님이 패배했다면 곤란해질 뻔 했거든요."

"왜?"

"작은 내기를 했거든요. 무신각과."

"아아."

태무선은 작게 고개를 끄덕였고, 그것 외에는 별다른 반응을 보이지 않는 태무선을 향해 장호련이 그럴 줄 알았다는 듯 그에게 다가섰다.

"교주님이 천마도에 계시는 동안 많은 일들이 있었습니다. 얘기가 길어질 듯하니 장소를 옮기지요."

"그래."

장호련은 태무선을 데리고 외벽이 무너진 무신각의 6층을 벗어났다.

한편, 장호련과 함께 무신각을 올라선 방중은 무너진 외벽 사이에 쓰러져있는 초월을 향해 다가갔다.

자신의 평생을 바친 역작.

초월은 복잡한 심정이 담긴 얼굴로 하늘을 응시하고 있었다.

"미안. 져버렸소 영감."

"괜찮다."

방중은 구부정한 허리를 더욱 구부리며 초월의 옆에 주저앉았다.

그는 고개를 돌려 초월의 복부에 새겨진 주먹모양의 상흔을 바라봤다.

어느새 짙은 푸른색으로 변해버린 투신이 남긴 권격의 흔적.

"강하더냐?"

"응. 엄청."

"그랬으면 됐다. 상대가 더 강한 걸 어찌 하겠느냐."

모든 걸 잃어버렸다.

자신의 평생을 바친 역작인 초월은 또다시 투신이란 그림자에 파묻히고 말았으나, 방중은 차라리 홀가분했다.

그러나 초월은 그게 아닌 듯했다.

복잡한 눈빛으로 흘러가는 구름들을 감상하던 초월은 힘겹게 몸을 일으켰다.

"그 녀석은 내게 자신의 모든 힘을 쏟아붓지 않았어."

초월의 한마디에 방중의 눈동자가 크게 흔들렸다.

투신의 제자인 태무선이 자신이 만들어낸 초월이란 무인보다 강하다는 것은 이제 알게 되었다.

그러나 모든 힘을 쓰지도 않고도 초월을 이겼다니?

방중은 허탈한 표정을 지으며 씁쓸히 웃었다.

"결국… 이렇게 돼버렸구나."

"강해져야겠어."

모든 걸 내려놓은 방중의 귓가에 초월의 결연한 의지가 담긴 목소리가 들려왔다.

그는 멍한 얼굴로 고개를 돌려 초월을 마주했다.

"이 중원엔 나보다 강한 무인들이 존재할거라곤… 생각했어. 하지만 나와 같은 연배 중에는 없을 거라 믿었지. 어린 자들 중에서는 더더욱 없을 거라 생각했고."

초월은 오만한 자가 아니었다.

자신의 강함은 알고 있었지만, 그것이 절대적일 거라 믿지 않았다.

모래알처럼 많은 중원의 무인들 중 자신보다 강한 무인이 있을 거라 줄곧 생각해왔다.

　그러나 자신의 연배나 어린 무인들 중에서는 자신을 이길 수 있는 자가 없을 거라 믿었건만.

　태무선이 자신의 모든 생각을 뒤엎다 못해 깨부수고 말았다.

　"도와줄 수 있겠어?"

　초월이 멋쩍은 듯 물어오자 방중이 고개를 끄덕였다.

　"얼마든지 도와주마."

　"고마워."

　"그런데 문제가 하나 있단다."

　"응?"

　초월이 문제가 뭐냐는 듯한 얼굴로 바라보자 방중이 크게 심호흡을 하고는 자신의 뒷머리를 긁적이며 말했다.

　"내가 내기에서 져버렸거든."

　"내기?"

　"그래… 이 무신각은 이제 비역만의 만주인 장호련의 것이다."

　잠시 상황파악을 하지 못하고 있던 초월이 멍한 얼굴을 했다.

　"어?"

* * *

"생각보다 침착하시네요. 불같이 화를 내시는 분은 아니라는 것쯤은 알고 있었지만……."

태무선이 천마도에 갇혀 있는 5년간의 세월동안 중원에서 벌어진 모든 일을 설명한 장호련은 자신의 예상보다 훨씬 더 침착한 태무선을 보며 살짝 놀라는 중이었다.

'이 정도로 냉정할 수 있다니.'

사강목과 야차율의 얘기를 들을 때에는 얼굴이 살짝 굳어지는 것 같았으나 그게 전부였다.

장호련의 얘기가 끝날 때까지 태무선은 별다른 표정의 변화 없이 묵묵히 장호련의 얘기를 경청했다.

"요약해보자면 마교는 공중분해된 거나 마찬가지네."

"그런 셈이죠. 야차율 대협은 검신과의 싸움에서 목숨을 잃으셨고, 사강목 장로님은 사악교에게 사로잡히셨으니까요. 아직도 장로님의 생사는 알아내지 못했습니다."

"마중혁과 나머지는?"

"마 대협은 남은 마교의 무인들과 신 탈혼귀영대를 이끌고 잠적하셨습니다. 힘을 키우기 위해서요. 그리고 황룡산 대협은 적아단주 기파랑과 함께 산을 옮겨 다니고 있습니다. 해산문 대협은 저와 함께 상단을 운영하고 있었고요."

모두가 각자의 자리에서 힘을 다하고 있었다.

"이제 어쩌실 생각이시죠?"

장호련이 단도직입적으로 물었다. 그녀는 어디까지나 비역만이라는 거대한 상단의 상단주.

태무선의 결정에 따라 마교와 같이 걸을지 말지를 정할 생각이었고, 이를 아는지 모르는지 그는 잠시 생각에 잠겨 허공을 응시했다.

"사악교가 정사대전에서 승리했다지?"

"네. 지금은 세를 늘리며 무림맹이 차지하고 있던 중원 땅을 잠식해나가고 있습니다. 무림맹에서는 별동대를 구성해 사악교를 견제하고 있는 것 같은데… 별 의미는 없어 보입니다."

"사악교만 없애면 되겠네."

마치 동네 마실을 나간다는듯한 간단한 대답.

현 중원의 주인이라고 할 수 있는 사악교를 마치 벌레를 쫓아내겠다는 듯 말하는 태무선을 향해 장호련이 진지한 어조로 말했다.

"지금의 사악교는 과거의 사악교와는 규모 자체가 달라요. 그들은 패배한 무림맹의 문파들조차 흡수함으로써 세를 늘렸어요."

"그래서?"

그게 뭐 어쨌냐는 듯한 태무선의 태도에 장호련이 인상을 살짝 찡그렸다.

그녀의 푸른색 눈동자에서 답답함이 느껴지는 듯했다.

"이건 조직 간의 전쟁이라고요. 교주님의 힘이 아무리 분명히 강하다지만 다수와 다수…….."

"싸워서 이기면 돼."

"그런 단순한 문제가 아니라고요!"

"단순해."

장호련은 말문이 막혀버렸다.

그녀가 알고 있는 한 태무선은 오만하거나 우매한 자가 아니었다.

또한 어리석은 자가 아니었고, 무모한 자도 아니었다. 굳이 표현하자면 귀찮음이 많고 게으를뿐 꽤나 영리한 사내였다.

'뭐가 단순하다는 거지.'

혹시 숨겨둔 수라도 있는 건 아닐까.

장호련은 일말의 기대심을 갖고 태무선을 바라봤고, 태무선은 뒷목을 주무르며 말했다.

"우두머리를 족치면 돼. 거기도 사악교니까 교주라고 해야 하나."

"아……."

손으로 이마를 짚은 장호련이 크게 한숨을 내쉬었다.

"사악교가 자신들의 교주를 쉽게 내놓을 리 없잖아요."

"한 놈씩 쓰러뜨리다보면 언젠간 교주가 나오겠지."

"몇 년이 걸릴 줄 알고……."

"걱정 마, 오래 안 걸릴 테니."

확신에 찬 목소리.

마치 신통한 예언가의 예언마냥 오래 걸리지 않을 거라 대답한 태무선은 자리에서 일어섰다.

자신을 빼내려고 끊임없이 배를 띄우고 있다는 마중혁을 만나러 가야 했다.

"그나저나 저 소년은 누구예요?"

장호련이 손가락으로 소백을 가리키자 태무선이 별 거 아니라는 듯 대답했다.

"천마도에서 만난 녀석이야. 천마의 무공을 계승했으니 잘 크면 쓸만해질 거야."

"처, 천마의 무공이요? 그건 교주님이 계승하시는 게 아니었나요?"

"그게……."

차마 귀찮아서라고는 대답할 수 없었던 태무선은 적당한 변경거리를 생각해냈다.

"내가 배운 투령무일체는 다른 무공과 섞일 수 없어. 게다가 거기서 만난 광인들 덕분에 성취가 좀 있었으니… 괜찮아."

"후우… 어쨌든 천마의 무공에다가 천마신검까지 넘겨주신 건가요?"

"응."

장호련의 고개를 돌려 소백을 바라봤다.

약 14살 전후로 보이는 소년은 천진난만한 얼굴로 눈을 깜박이며 이곳저곳을 신기한 듯 둘러보고 있었다.

"계속 데리고 다니실 건가요?"

"일단은 그래야지."

"제게 맡기세요."

"네게?"

"교주님 덕에 무신각은 비역만의 소유가 되었거든요. 이곳이라면 다양한 무인들과 경험을 쌓을 수 있을 테니 이곳에 남는 게 저 소년에게 더 좋을 거예요. 물론, 교주님에게도요."

장호련의 말대로 소백이 무신각에 남아 다양한 무인들과의 싸움으로 경험을 쌓을 수 있다면 그보다 좋은 건 없었다.

태무선과 함께 다니다간 목숨이 열 개라도 모자라다는 것을 알고 있는 장호련의 배려였다.

태무선은 고개를 끄덕이며 소백을 불렀다.

"네!"

스승인 태무선의 부름에 소백이 힘껏 달려오자 태무선이 장호련을 가리키며 말했다.

"이제부터는 만주와 함께 이곳에 남아 경험을 쌓도록 해."

"이곳에요? 스승님은요?"

"난 할 게 있으니 이곳에 남아 있어."

"알겠습니다."

소백을 장호련에게 넘긴 태무선은 미련 없이 신형을 돌렸다.

더 이상 무신각에 볼 일이 없었다.

무신각을 빠져나온 태무선은 자신을 기다리며 마차를 점검하고 있는 노인을 발견했다.

"만주는 위에 있습니다."

"알고 있네. 나는 자네를 기다렸네."

"마차는 제가……."

"자네가 어디로 가야 하는지 만주에게 전해 들어 알고 있네. 이 목야가 자네를 그곳까지 안내해주겠네."

"굳이 그럴 필요는 없습니다."

"자네는 마차를 몰 줄 모르지 않은가? 말 타는 법도 모르고."

그랬다.

태무선은 마차를 몰거나 말을 탈 줄 몰랐다.

반박할 수 없는 목야의 말에 태무선은 볼을 긁적였다.

"쩝."

과업(課業)

"완성되었습니다."

시월현이 고개를 숙이며 구황경을 안내하자 그는 자신의 앞에 펼쳐진 붉은 비단길을 걸었다.

그 길의 끝에는 자신을 위해 지어진 거대하고 높은 건물이 존재했다.

원래 있던 건물과 벽을 허물고 설계와 시공, 완성까지 무려 3년이 걸렸다.

그러나 구황경은 인내심을 갖고 기다렸다.

이 순간만을 위해서 아주 오랜 시간을 공들였지 않은가.

"오랜만이로군."

구황경은 건물의 안쪽에 놓여 있는 커다란 황금 옥좌를
응시했다.

아주 오래 걸렸다. 이곳으로 돌아오기 위하여.

그리고 마침내 해냈다. 자신만의 옥좌를 세웠고 자신만
의 성을 세웠다.

익숙한 듯 낯선 옥좌에 올라선 구황경은 차갑게 식은 옥
좌에 앉았다.

"이젠 내가 이곳의 주인이다."

그가 차지하고 앉은 이곳은 무림맹의 총단이 존재하는
곳이었다. 하지만 정사대전에서 패배한 무림맹이 도망치
듯 물러났고 무림맹의 총단은 버려졌다.

그리고 그 자리에 사악교주가 된 구황경이 새로운 사악
교의 본교를 세웠다.

구황천이 앉아 세상을 내려다보던 그곳에 자신의 옥좌를
세운 것이다.

"후우우……."

남다른 감회를 가진 채 눈을 감은 구황경은 정사대전이
벌어지던 그 순간을 떠올렸다.

용맹한 무림맹의 무인들은 사악교와 구황경을 향해 달려
왔다.

경공술에 능하고 무공 수준이 높은 자들은 남들보다 앞
섰다.

둥둥둥둥둥—!

무인들의 심장을 울리는 북소리가 전장에 널리 울려퍼졌다.

때가 왔음을 직감한 구황경은 잔인한 미소를 머금고 두 팔을 날개처럼 활짝 펼쳤다.

"오라. 용맹한 무림맹의 무인들이여."

둥둥둥둥둥!

북소리가 무인들의 심장을 때렸다.

공포와 함께 끓어오르는 극도의 흥분감.

무인들의 눈동자에 전쟁에 대한 공포와 광기가 함께 피어나는 그 순간.

메마른 대지에서 천둥소리가 몰아쳤다.

쾅— 쾅— 쾅아앙——!!

천지를 뒤흔드는 거대한 폭음성.

굉음과 함께 무인이었던 것들의 팔과 다리가 허공을 날았다.

뼈와 내장, 머리와 뇌수 등이 분별없이 흩날렸다.

그때까지도 무림맹의 무인들은 자신들에게 무슨 일이 벌어지는지 알지 못했다.

멍한 얼굴로 동료들의 조각들을 지켜보던 무인들은 자신의 발아래에서 빛이 번쩍일 때까지도 무슨 일이 벌어지는지 알지 못했다.

가장 먼저 상황을 파악한 것은 가장 맨 뒤에서 달려오던 무인들이었다.

"벼, 벽력탄이다!"

"안 돼!"

"멈춰 서어!!"

전장의 끝자락에서 무림맹의 무인들이 비명과 함께 경고했지만, 이미 극도로 흥분한 무인들은 멈추는 일이 없었다.

그렇게 무림맹의 정예들은 사정없이 터져나가는 벽력탄에 의해 조각났다.

"사악교주!"

그때 구황천의 고통에 찬 외침성이 들려왔다.

구황경은 미소를 머금은 얼굴로 자신의 동생이자 무림맹의 맹주인 구황천을 응시했다.

"왔느냐."

"벽력탄을 쓴 것이냐!"

"그래."

"어째서… 벽력탄은 중원무림에서 금기된 것을 모른단 말이냐! 이 사실이 황실에 알려지기라도 한다면……!"

"알려지는 일은 없을 것이다."

"……!"

구황경이 손짓하자 사악교의 무인들이 공황상태에 빠진 무림맹의 무인들을 향해 달려들었다.

그중에서도 저마다의 개성을 가진 세 명의 무인들은 그

수준이 남달랐다.

머리부터 발끝까지 칠흑의 천으로 온몸을 두른 여인은 어둠속으로 사라졌다 나타나기를 반복하며 무림맹의 무인들을 도륙했다.

거대한 망치를 든 중년인은 사자후와 같은 고함을 내지르며 공포에 질려 제대로 서 있지도 못하는 무인들을 망치로 내려찍었다.

그의 망치에 당한 무인들 중 원래의 형태를 유지하는 자는 존재하지 않았다.

마지막으로 대검을 든 남자가 전장을 향해 뚜벅 뚜벅 걸어왔다.

그는 무표정한 얼굴로 맹의 무인들과 마주섰고 조용히 말했다.

"싸움이 두려운 자는 지금이라도 도망쳐라."

그의 말에 몇몇 맹의 무인들은 뒤도 돌아보지 않고 도망쳤고, 그중에서도 용맹한 무인들은 대검을 든 남자에게 달려들었다.

결과는… 참혹했다.

대검을 든 남자가 휘두르는 대검에 의해 맹의 무인들은 베이다 못해 찢겨졌다.

마치 물에 젖은 종잇장처럼.

"약속을 저버리는 것이오?"

허망한 얼굴로 죽어가는 맹의 무인들을 지켜보던 구황천이 애절한 목소리로 묻자 구황경은 고개를 가로저었다.

"불쌍한 나의 동생아… 나는 단 한 번도 네 약속을 저버린 적이 없단다."

"그럼 이건 뭐란 말이오?"

"네가 말하지 않았느냐. 투신 지강천을 필두로 한 마교와 필적하는 전대미문의 위협이 되어달라고. 그래야지만, 네가 할아버지 구황목의 그늘에서 벗어날 수 있을 테니까."

"이것이 우리가 약조한 전대미문의 위협이란 말이오?"

"그래. 나는… 중원에 두 번 다시없을 최고의 공포가 되었다. 투신을 가진 마교를 뛰어넘어 이제는 무림맹조차 지워버릴 생각이지."

"그렇구려."

고개를 끄덕이던 구황천이 벼락처럼 몸을 날렸다.

그는 유려하게 검을 뽑아들었고, 그 검에선 백색의 검강이 눈부시게 빛났다.

'백련천의검(白聯天意劍).'

백련천의검(白聯天意劍), 구황목을 검신으로 만들어준 그의 검법이자 중원에 존재하는 모든 검법의 정점.

백련천의검이 구황천의 손을 빌려 세상에 모습을 드러냈다.

그의 검강은 공간을 찢어발기듯 매섭게 날아와 구황경을 향해 날아들었다.

대의(大意).

대업을 이루기 위한 아주 오랜 시간들.

구황경은 자신을 향해 다가오는 구황천의 백검(白劍)을 응시하며 손을 들어올렸다.

까앙—!

자신의 백련천의검이 구황경의 손에 가로막히 는순간 구황천의 눈이 더할 나위 없이 커졌다.

구황경은 매우 뛰어난 두뇌를 갖고 태어났으나, 태어날 때부터 몸이 유약해 무공을 배울 수 없는 몸이었다.

이를 잘 알고 있던 구황목과 그의 아들인 구황기는 구황경 대신 구황천에게 자신들의 모든 것을 가르쳤다.

"어떻게……?"

검신이라 불리던 구황목의 가르침을 한 몸에 받은 구황천은 자신의 검을 어렵지 않게 막아낸 구황경을 믿을 수 없다는 듯 바라봤다.

그가 알고 있는 한 구황경은 무공을 배우지 않았기 때문이었다.

아니 배울 수 없는 몸이었다.

"놀랐느냐, 아우야."

"무공을… 배우셨습니까."

"그래. 검신도… 나의 아버지도 포기한 나를… 나는 내 힘으로 강하게 단련시켰다."

구황천의 검을 맨손으로 잡아낸 구황경은 자신의 왼손을

들어올렸고, 그의 왼손에서는 피를 닮아 있는 붉은빛의 기운이 모여들었다.

'혈옥장!'

그의 무공을 알아본 구황천은 급히 검을 거두며 자신을 향해 쏟아지는 구황경의 혈옥장을 막아냈다.

쾅—!

거대한 기의 폭발과 함께 뒤쪽으로 주르륵 밀려난 구황천은 손바닥에서 느껴지는 아릿한 고통에 인상을 찡그렸다.

'보통의 힘이 아니다… 그것보다…….'

구황천은 다시 한 번 믿을 수 없는 눈빛으로 구황경의 손에 피어난 붉은색의 수강을 바라봤다.

"혈옥장! 마교의 무공을 배우신겁니까!"

"그뿐이겠느냐."

구황경이 손을 뻗자 주인을 잃고 널브러져있던 장검 하나가 날아와 그의 손에 빨려들어갔다.

수준급의 허공섭물이었다.

이윽고 구황경에 손에 들린 그의 장검에서 백색의 검강이 솟구쳤다.

"백련천의검!?"

눈속임이 아닌 진짜 백련천의검의 기운이 구황경의 검에서 느껴졌다.

하지만 이는 오래가지 못했고, 구황경의 손에 들린 장검이 백련천의검의 기운을 버티지 못하고 박살났다.

"쯧. 역시 천명검이 아니면 버틸 수 없나?"

구황경은 구황천의 손에 들린 천명검을 응시했다.

백련천의검의 기운은 너무도 강해 보통의 장검으로는 기운을 담아내는 것조차 불가능했다.

백련천의검을 담을 수 있는 검은 오로지 검신 구황목의 검, 천명검 뿐이었다.

"도대체… 어떻게?"

혼란스러운 눈동자로 구황경을 바라보던 구황천은 머릿속을 스쳐지나가는 하나의 무공을 떠올렸다.

발견 당시 너무도 위험한 무공으로 분류되어 곧바로 세상에서 없애려 했으나, 존재자체가 너무도 귀하여 차마 없애지 못했던 무공.

"흡성대법(吸星大法)……."

아주 먼 과거, 무림맹과 마교의 유례없는 연합이 이루어진 적이 있었다.

절대 섞일 수 없는 두 조직의 연합은 단 하나의 존재 덕분에 가능했는데, 그들의 이름은 바로 일월신교.

시초를 알 수 없는 일월신교는 상대방의 기를 빼앗는 신묘한 마공을 이용해 무림을 정복해나갔다.

이를 막기 위해 무림맹과 마교가 힘을 합쳐 일월신교를 멸교시키는 데 성공했다.

그 과정에서 당대 무림맹주였던 임영후는 하나의 비전서

를 발견하게 된다.

비전서의 이름은 바로, 흡성대법.

일월신교의 교주였던 일월천군(日月天君)이 부리던 마공이었다.

상대방의 기를 빼앗는 무공이라 알려진 흡성대법은 익히기도 매우 까다로울뿐더러 이종진기를 다뤄야 했기에 그 위험도가 매우 높았다.

"흡성대법은 아버지가 없앴다 알려졌는데……."

흡성대법은 그 위험도를 인지한 구황기가 없애버렸다고 알려져 있었다.

"없앴다라. 그래, 없애려 했지."

"그런데……."

구황천의 눈동자가 더할 나위 없이 커졌고, 그의 얼굴엔 경악으로 바뀌어갔다.

"설마……."

"잔인하지 않으냐. 하나밖에 없는 아비라는 자가 자식이 유일하게 익힐 수 있는 무공을 없애려 한다니 말이다. 게다가 흡성대법은 일월신교라는 위대한 교단을 만들어낸 세상에 단 하나밖에 없는 역작이자 최강의 무공이다."

"이 개같은 새끼야!"

분노를 참지 못한 구황천이 몸을 날려 검을 휘둘렀다.

백색으로 빛나는 그의 검이 휘둘러질 때마다 우레와 같은 굉음과 함께 백색의 검기가 벼락처럼 쏟아졌다. 하지만 구황경의 얼굴은 여전히 여유로웠다.

"이 흡성대법이란 무공은 말이다. 매우… 대단하단다."

구황경의 모습이 일순간에 자취를 감췄다.

곧이어 구황천은 자신의 앞에 나타난 구황경을 보며 기민하게 반응했고, 그의 검은 엄청난 속도로 휘둘러져 구황경의 목을 향해 날아들었다.

그러나 구황천의 검은 더 이상 나아가지 못했다.

턱—!

구황경의 손이 구황천의 천명검을 붙잡았다.

"무공을 익히지 못하는 실패작이 제 2의 검신이라 불리는 구황천을 이길 수 있게 되었지."

"크윽!"

구황천은 자신의 검을 통해 온몸의 기가 빨려나가는 것을 느끼곤 재빨리 검을 거두려 했지만, 구황경의 손아귀에 붙잡힌 천명검은 도통 빠져나오질 못했다.

"알겠느냐."

구황경은 차갑게 미소 지으며 구황천을 향해 바짝 다가섰다.

"아버지는 자식을 위한 놀라운 희생을 하셨다. 바로…
나를 위해서."

"이… 짐승만도 못한……."

"너는 이해하지 못하겠지. 태어날 때부터 모든 것을 갖고 태어난 네가 어찌 나를 이해하겠느냐."

"쿨럭!"

순식간에 본신의 기를 절반가량 빼앗긴 구황천이 몸을 비틀거리자 구황경은 그의 검을 놓아주었다.

"큭!"

자유의 몸이 된 구황천이 연신 비틀거리며 뒤로 물러서자 구황경은 뒷짐을 진채로 천천히.

아주 천천히 구황천을 향해 걷기 시작했다.

"재능에는 책임이 따른다. 너는 무림맹의 맹주라는 책임을 떠안았지. 반면 무공에 재능이라고는 눈곱만치도 존재하지 않던 내겐 아무런 책임도 존재하지 않았다."

구황경은 자신의 오른팔에 돋아난 굵은 핏줄을 왼손으로 부드럽게 쓰다듬었다.

"존재의 의미를 잃었으나 덕분에 자유를 얻었지. 뭐든지 할 수 있는 자유……."

태어날 적부터 제 2의 검심이라 칭송받으며 세간의 관심을 온몸에 받던 구황천과는 달리 구황경은 모두의 시선에서 자유로웠다.

존재하되 존재하지 않는 자. 그것이 바로 구황경이란 존재였다.

"자. 무림맹의 맹주께서는 이 위험을 어떻게 타개할 것인가."

바로 앞까지 다가온 구황경을 향해 구황천이 이를 갈며 천명검을 지지대 삼아 몸을 일으켰다.

66

기의 절반가량을 빼앗겼으나, 여전히 구황천의 온몸에는 힘이 넘쳐흘렀다.

"남의 기나 빨아먹으며 살아가는 네가… 나를 이길 순 없다!"

백색의 검강이 빠르게 솟구치며 구황경의 심장을 향해 찔러들어갔다.

"어쩌면."

구황경의 손이 구황천의 검 끝에 닿았고, 백색의 검강은 지체 없이 구황경의 손바닥을 뚫고 나아가 그의 심장을 꿰뚫을 듯했다.

그러나 구황천의 검에서 뿜어나온 백색의 검강은 그 빛을 잃었다.

검신에 담긴 구황천의 힘조차.

"크흐… 윽!"

구황천의 불안정한 시선이 자신의 검신을 향했다.

불의의 일격이며 혼신을 다한 찌르기였으나, 그의 검은 구황경의 가슴에 닿지 못했다.

"내게 더 보여줄 것은 없는 게냐."

흥미가 떨어진 무미건조한 구황경의 목소리에 구황천이 으르렁거리듯 답했다.

"널 죽이는 모습이라면 얼마든지 보여주지."

"하하!"

검에 꿰뚫린 자신의 손을 거둬들인 구황경은 왼손으로

천명검의 검신을 움켜쥐었다.

'힘이……!'

신체라는 벽이 허물어지고 단전에 구멍이 뚫린 듯했다.

수십 년 간 모아온 내공들은 단전이라는 그릇을 빠져나와 그의 혈도를 타고 천명검의 검신을 통해 구황경의 손끝으로 빨려들어갔다.

벗어나려 노력도 해봤지만 구황천은 아무것도 할 수 없었다.

절망적인 무력감이 구황천을 휘어 감았다.

"너무 원통해하지 말거라. 슬퍼하지도 말아라."

구황경이 천명검을 놓아주었다.

깃털처럼 가볍게 느껴지던 천명검이 수백 근의 추라도 달아놓은 것처럼 무겁게 느껴졌다.

힘이 빠져 천명검의 검 끝을 바닥에 내려놓은 구황천이 두 무릎을 꿇었다.

"나는 날 때부터 지금까지 끝없는 무력감에 놓였다. 이젠……."

구황경의 입에서 싸늘한 목소리가 흘러나왔다.

"네 차례가 왔을 뿐이니."

입이 얼어붙은 듯 구황천은 아무 말도 할 수 없었다.

마치 혼천진기를 모두 사용한 듯 온몸의 힘이 빠져버린 구황천은 구황경을 죽일 듯 노려보다가 고개를 떨구었다.

단전의 내공이 모두 빠져나가는 바람에 기력을 다해 혼절한 것이다.

구황경은 정신을 잃은 채 고개를 떨구고 있는 무림맹의 맹주이자 자신의 아우를 내려다보았다.

"우습지 않은가. 언제나 내 위에 서서 나를 내려다보던 네가 이제는 내 발치에 놓여 있구나."

묘한 떨림이 온몸을 휘어 감았다.

몸을 한차례 떨며 전율하던 구황경은 눈을 천천히 깜박이며 고개를 돌렸다.

"오실 거라곤 생각했는데… 조금 늦으셨군요."

구황경이 고개를 돌린 그곳엔 한 노인이 서 있었다.

하얗게 변한 백발, 코와 입 그리고 턱을 덮은 백염.

노인은 뒷짐을 진채로 구황경을 향해 다가왔고, 어느새 구황경의 곁으로 다섯 명의 흑의인이 모습을 드러냈다.

모두가 비림의 정예 살수들이었다.

"아서라. 네들이 막을 수 있는 자가 아니니."

구황경은 손을 휘저으며 살수들을 물렀다.

그들의 안위를 위해서가 아니었다.

노인의 앞에선 그 어떤 방패도 소용이 없음을 잘 알고 있었기 때문이다.

"벽력탄을 썼느냐."

방금까지만 해도 멀리 떨어진 곳에 서 있던 노인의 목소리가 지금은 바로 앞에서 들려왔다.

구황경은 자신이 보고 있던 것이 노인의 잔상이라는 것을 깨닫고는 살짝 놀란 얼굴을 했다.

"아무래도 세월은 당신만큼은 빗겨가는 모양입니다."

"내 물음에 답해 보거라."

'큭…….'

구황경은 숨을 쉬기가 답답해졌다.

노인은 아무것도 하지 않은 채 그저 서 있었으나, 구황경은 그의 몸에서 흘러나오는 거대한 위압감이 자신을 짓누르고 있음을 깨달았다.

"그럼 안 되는 겁니까?"

구황경의 물음에 노인의 굳은 얼굴에 그림자가 드리워졌다.

"나는 네가 정정당당히 무림맹을 상대하길 바랐다."

"하하! 정정당당함이라! 우습군요. 전쟁이라는 것이… 소꿉장난이라도 된답니까?"

노인이 손을 들었다.

쿵—!

구황경의 한쪽 무릎이 바닥을 찧었다. 물론, 그의 의지는 아니었다.

한 번의 손짓만으로 구황경을 짓누른 노인은 그를 향해 바짝 다가섰다.

"차라리 벽력탄을 쓰지 않았다면, 내가 개입하는 일은

없었을 테지…….”

"벽력탄을 자꾸 들먹이시는 것을 보아하니… 벽력탄을 쓰는 것을 탐탁지 않게 여기시는 것 같군요.”

"중원 무림에서는 벽력탄이 금기되어 있는 것을 네가 모를 리 없을 텐데.”

"승리를 위해서는 무슨 짓이든 해야 하는 게 이 중원이라는 바닥이 아니었습니까?”

"승리를 위해서라도 지켜야 할 것이 있는 게다.”

"크크크큭…….”

뭐가 그리 우스운지 구황경은 재미있는 얘기를 들은 것마냥 큭큭거리며 웃다가 힘껏 몸을 일으켜 세웠다.

구황천의 기운을 흡수한 구황경의 몸에서는 백색의 기운이 아지랑이처럼 피어올랐다.

"아아… 이제 알겠군요. 당신의 싸움은 끝이 났으니 이젠 벽력탄을 쓰지 말라… 이겁니까?”

"…….”

노인은 대답하지 않았다.

"천하의 검신은 무림맹의 승리를 위해서…….”

덥석─!

구황경은 말을 끝마치지 못했다. 어느새 그의 곁으로 다가온 노인이 구황경의 목을 움켜쥔 것이다.

검신의 손아귀에 붙잡힌 구황경의 목숨은 이제 구황목의 의지에 놓였다.

"그…래… 맞습니다. 과거… 당신이 무슨 수를 써서라
도… 지키려… 했던… 비사(祕史)를 알고 있는 유일한…
존재가… 바로 저입니다."

그의 얘기를 듣고 있떤 구황목이 손아귀에 힘을 불어넣
었다.

우드득―!

근육과 기혈이 뒤틀리고 마침내 구황경의 목이 당장에라
도 부러질 것처럼 위태로워졌다.

죽음을 눈앞에 둔 순간에도 구황경은 입가에 미소를 지
우지 않았다.

"흡성대법이라… 내게 그 따위 잡기가 먹힐 거라 생각
한 게냐. 아니면 내 힘을 네가 제어할 수 있을 거라 믿은 게
냐."

"쿨럭!"

구황경은 피를 토해냈다.

'역시 검신은 검신인가.'

흡성대법으로 빨아들인 구황목의 기운은 구황경이 다룰
수 있을만한 기운이 아니었다.

오히려 아주 잠깐 흡수한 구황목의 기운이 구황경의 몸
을 망가뜨리고 있었다.

하마터면 기혈이 완전히 찢겨질 뻔한 구황경은 핏기어린
입을 천천히 열었다.

"저와… 당신의 차이가 무엇입니까."

차이를 묻는 구황경에게 구황목은 아무 대답도 할 수 없었다.

"당신은 승리를 위해 벽력탄을 쓰셨지요. 저도 마찬가지입니다. 이기기 위하여 벽력탄을 썼습니다."

"천아는 네 동생이다."

"저는 당신의 손자입니다."

손자(孫子).

그 단어가 구황경의 입에서 흘러나오자 구황목은 손에 힘을 풀어 그를 풀어주었다.

"크흐……!"

자유의 몸이 된 구황경은 한손으로 목을 매만졌다.

목이 잡혀 있던 건 찰나의 순간이었지만, 수 번의 사선을 오고갔다.

구황경은 목을 매만지며 자세를 고쳐잡고 구황목과 마주섰다.

"네가 무슨 짓을 했는지 알고는 있는 게냐."

구황목의 목소리는 딱딱하고 무거웠다.

"잘 알고 있습니다. 무림맹에 발톱을 세웠고, 치명상을 입혔습니다."

구황경이 손끝으로 가리킨 곳에는 구황천이 고개를 떨군 채 앉아 있었다.

"아끼는 손자의 목숨이 경중에 달렸기에… 이리도 급히 달려오셨습니까."

"네가 내 손자라는 이유로 내가 널 살려둘 거라 믿은 것이냐."

"죄송하지만, 저는 그리 무모하지 않습니다. 이 순간을 위해서 수십 년이란 세월을 고통 속에 살아왔습니다."

저벅— 저벅—!

구황경은 구황목의 바로 앞까지 다가가 고개를 내밀었다.

"이렇게 죽기엔 제 목숨이 너무 아깝지 않습니까."

"숨겨둔 수가 있다는 것이냐."

"선택하십시오. 사랑스러운 손자 구황천입니까. 아니면 벽력탄을 쓰면서까지 지키려 했던 무림맹입니까?"

"내 선택에 무슨 의미가 있느냐."

"무림맹을 선택하겠다면 이곳에서 제 패배를 인정하고 물러가겠습니다. 제3차 정사대전은 무림맹의 상처뿐인 승리가 되겠지만… 어쨌든 승리는 승리이니까요. 하지만 구황천은 죽습니다."

"내가 그걸 두고 보고만 있을 거라 믿는 건 아니겠지?"

"물론입니다."

검신을 눈앞에 둔 구황경은 여전히 여유로웠다.

"제가 흡성대법을 허투로 배운 것은 아니어서 말입니다. 구황천의 기혈은 뒤틀어지고 제가 주입한 진기로 망가지고 있습니다. 저 녀석을 구할 수 있는 건."

구황경이 자신의 오른손을 들어올렸다.

핏줄이 돋아난 흉측한 모양새의 손과 팔.

"구황천의 몸에 깃든 제 진기를 거두는 것이죠."

쿨럭—!

마른 기침소리와 함께 구황천이 피를 토했다.

검붉은 색의 피가 바닥에 흩뿌려지며 불길한 연기를 내뿜었다.

마치 구황경의 말이 허언이 아니라는 것을 증명이라도 하듯이.

이를 지켜보던 구황목이 구황천을 가만히 바라보았다.

자신의 아들인 구황기보다도 더 자신을 닮아 있던 구황천.

언젠가 자신을 대신하여 그리고 구황기를 대신하여 무림 맹을 이끌리라 믿어 의심치 않았던 손자가 죽어가고 있자 구황목이 주먹을 강하게 말아쥐었다.

"무림맹을 무너뜨려… 네가 얻는 것은 무엇이냐."

구황목의 마지막 질문에 구황경은 길을 비켜서며 대답했다.

"갖지 못했던… 그리고 앞으로 갖게 될……."

기나긴 지난날의 회상을 마친 구황경은 눈앞에 펼쳐진 거대하고 웅장한 사악교의 총단을 바라보며 미소를 지었다.

"모든 것."

깊은 산 속

"도착했네."

도착했다는 목 노야의 목소리에 태무선은 마차의 문을 열고 고개를 내밀었다.

첩첩산중(疊疊山中).

산세가 험하기로 유명한 부중산(斧衆山)에 도착한 태무선은 목 노야와 함께 산길을 올랐다.

"높네."

가파른 산길이었지만, 지강천과 함께 산속에서 수련의 수련을 거듭했던 태무선이었기에 그는 날다람쥐마냥 가벼운 몸놀림으로 산을 탔다. 목야와 산의 중턱까지 오르던 태무선은 제자리에 멈춰 섰다.

"흠."

아무것도 없는 듯한 산 중턱에 멈춰선 태무선은 주변을 천천히 둘러보았다.

그때 어디선가 중후한 남자의 목소리가 들려왔다.

"네 이놈! 이곳이 어디냐고 온 것이냐."

"마중혁은 어디 있어?"

태무선이 무덤덤한 목소리로 묻자 중후한 남자의 목소리가 한순간에 사그라들었다. 한동안 이어지던 침묵. 그리고 다시 한 번 남자의 외침이 들려왔다.

"네놈은 누구냐!"

"마중혁 불러."

"마중혁이라는 자는 이곳에 없다!"

"흠."

무미건조한 눈빛으로 우거진 수풀을 응시하던 태무선이 발을 튕겼다.

"어?"

그림자 속에 몸을 웅크린 채로 태무선을 응시하던 소녀는 한순간에 사라진 태무선을 쫓아 고개를 돌려봤지만, 그 어디에서도 태무선의 모습을 찾을 수가 없었다.

'어디로 간 거지?'

"마중혁은?"

"꺄악!"

놀란 소녀가 허둥대며 물러섰다.

'어, 어떻게 내 잠행술을!?'

귀영잠술을 익힌 소녀는 자신의 잠행술이 들켰다는 것에 적잖이 충격을 받은 듯 눈을 빠르게 깜박이며 태무선을 응시했다.

"누, 누구냐 넌!"

소녀는 빠르게 허리춤에서 단도를 꺼내들었다.

단검을 쥐고 있는 소녀를 바라보고 있자니 태무선은 묘한 기분이 들었다.

'은섬…….'

당돌한 소녀와 단검을 보고 있으니 은섬이 떠올랐던 태무선은 피식― 웃으며 소녀에게로 다가갔다.

"난 태무선이야. 마중혁은 어디 있어? 만주가 여기 있다고 했는데."

"태…무선? 헉! 서, 설마 교주님이십니까?"

"너도 마교인이야?"

"히익!"

놀란 소녀가 한쪽 무릎을 꿇으며 급히 고개를 숙였다.

"소녀 홍산(紅傘)! 교주님을 뵙습니다."

"그래 반가워. 그보다 마중혁은 어디 있어?"

"바로 안내해드리겠습니다!"

자신을 홍산이라 안내한 소녀는 앞장서서 태무선을 안내했다.

뒤늦게 그들의 곁으로 다가온 목야가 허겁지겁 태무선의 뒤를 따라붙었다.

"이 늙은이가 오르기엔 높은 산이로군."

"그러게요."

확실히 무공을 배우지 않은 사람이라면 오르는 것조차 불가능해 보이는 험난한 산세를 뚫고 태무선과 목야는 소녀의 뒤를 따라 몸을 날렸다. 홍산은 왼쪽의 샛길로 걸었다가 세 갈래길에서 중앙을 걸었다.

뒤이어 차례대로 왼쪽과 오른쪽 길을 번갈아 걷고 난 후 제자리에 서서 나무 아래에 놓여 있는 커다란 바위를 치웠다.

"이제 거의 다 왔습니다!"

땀을 뻘뻘 흘리며 바위를 치운 홍산은 다시 한 번 여러 갈래길을 걸어 올라갔다.

이윽고, 나무로 얼기설기 만들어놓은 조잡해 보이는 입구에 다다른 홍산은 숨을 살짝 헐떡이며 입구를 가리켰다.

"이곳이… 하아… 마교의… 입구입니다!"

태무선은 조잡한 나무 입구를 지나 그 안으로 들어갔다.

"오."

조잡해 보이는 입구와는 달리 막상 들어온 마교는 꽤나 정돈된 모습을 보여주었다.

중앙에는 커다란 3층짜리 건물이 세워져 있었고, 그 주변으로 크고 작은 1층짜리 건물들이 세워져 있었다.

꽤나 많은 무인들이 삼삼오오 모여 어디론가 분주히 움

직이고 있었으니, 마교의 규모는 예전보다 조금 더 커진 듯했다.

"잠시 이곳에 기다려주시면 제가 대주님을 모셔오겠습니다!"

홍산은 잠시 기다려달란 말을 남긴 채 어디론가로 빠르게 달려갔다. 홍산이 떠나고 목야와 남겨진 태무선은 고개를 두리번거리며 마교를 둘러보았다.

"꽤나 쓸만해졌네."

"듣기로는 장강수로채주와 녹림채주가 꽤 힘을 쓴 모양이더구나."

"해산문과 황룡산이 고생했군."

마중혁만이 남겨진 마교가 걱정이 된 것은 사실이었지만, 막상 두 눈으로 보고나니 안심이 되었다.

"교주님!!"

어디선가 마중혁의 울부짖음이 들려왔다.

소리가 난 곳으로 고개를 돌린 태무선은 멀리서 자신을 향해 달려오는 한 마리의 맹수… 아니 중년인을 발견했다.

"으아아아!"

한달음에 몇 장을 뛰어넘으며 달려온 마중혁은 태무선의 앞으로 두 무릎을 꿇은 채로 미끄려져 와 그의 앞에 넙죽 엎드렸다.

"신, 마중혁! 교주님이 오시기만을 오매불망 기다렸습니다!"

"고생했다."

질타 받을 것을 각오하며 고개를 숙이고 있던 마중혁은 고개를 들어 태무선과 얼굴을 마주했다.

태무선은 자세를 낮춰 마중혁의 어깨를 가볍게 두드려주었다.

"고생했어."

"교…주님……."

마흉도라 불리며 정파 무림인들을 공포에 떨게 했던 마중혁의 눈에 작은 눈물방울이 맺혔다.

그 누가 알아주었던가. 이 마중혁의 고통과 슬픔 그리고 외로움을.

마치 태산을 얹어놓은 듯 무겁기만 하던 어깨가 오늘만큼은 날아갈 듯이 가벼웠다.

"교주님이이임!!"

*　　*　　*

"비역만주의 도움을 받아 본교의 입구에 진법을 설치해 두었습니다."

"그래서였나."

태무선은 홍산이 여러 갈래길을 힘겹게 걸어가던 모습을

떠올리며 고개를 끄덕였다.

"여기 있습니다."

"그, 그래 고맙다. 이만 나가 보거라."

"예."

마교도인 한 명이 가져다 준 삶은 달걀을 손에 쥔 마중혁은 한쪽 눈을 계란으로 문질렀다.

그의 한쪽 눈은 시퍼렇게 멍이 들어 있었다.

태무선은 민망한 듯 그의 얼굴에서 고개를 돌렸다.

'습관처럼 때려버렸네.'

재회의 기쁨에 달려드는 마중혁을 향해 태무선은 저도 모르게 주먹을 날렸다. 마중혁은 태무선의 권격에 맞아 몸이 붕뜬 채 날아갔다. 그 거대한 육신이 날아가는 모습은 그야말로 장관이었다.

어쨌든 태무선에게 맞은 얼굴을 삶은 달걀로 문질거리던 마중혁이 계란을 내려놓으며 말했다.

"그나저나 천마도에서는 어떻게 빠져나오신 겁니까? 그동안 교주님을 데려오려 수많은 노력을 기울였으나… 사악교에서 동해를 막아놓는 바람에 뱃길이 막혔습니다."

마중혁과 해산문은 태무선을 천마도에서 데려오기 위해 무던히 노력했다.

하지만 지옥도라는 오명이 썬 천마도에 진귀한 보물이 숨겨져 있다는 소문이 떠돌기 시작했다.

그리고 사파 문파들이 지옥도로 향한 뒤 실종되는 것을

82

기이하게 여긴 사악교가 동해를 장악했다.

원래의 목적은 천마도의 뱃길을 알아내는 것이었으나 야차율이 죽은 이후로 천마도의 뱃길은 완전히 끊겼고, 사악교는 그 이후로도 천마도로 향하는 뱃길을 막아버렸다.

더 이상 사파 문파의 무인들이 실종되는 것을 막기 위함이었다.

"쪽배를 타고 나오던 중 다행히 지나가던 큰 배를 발견해서 중원으로 넘어왔어."

"다행입니다. 안 그래도 본교의 무인들을 이용해 사악교의 시선을 돌린 후 배를 띄우려고 하던 찰나였습니다……."

위험부담이 큰 계획이지만 사악교와의 전면전을 벌여서라도 태무선을 데려오려던 마중혁은 한시름 놓았다는 듯 큰 한숨을 내쉬며 가슴을 쓸어내렸다.

"소식은… 들으셨습니까."

마중혁의 얼굴이 딱딱하게 굳어졌다.

그가 무엇을 묻는지 모를 리 없는 태무선은 고개를 가볍게 끄덕였다.

"만주에게 전해 들었어."

"후… 무림맹 놈들이 무너진 거야 쌤통이지만, 사악교의 세력이 너무도 커져버렸습니다."

"사강목과 은섬은 여전히 소식이 없는 건가."

"예… 잿머리는 그 날 이후로 본 적이 없습니다. 장로님은 생사조차 알 수 없고요."

마중혁의 손끝이 살짝 떨렸다.

그 날 이후로 마음을 굳게 먹으리라 다짐했건만, 사강목이 끌려가는 것을 두고만 봐야 했던 제 자신의 나약함이 만들어낸 고통은 쉽게 가시질 않았다.

삼 년이 지난 지금도…….

"물론 저도 놀고만 있던 것은 아닙니다. 보여드릴 게 있습니다."

태무선은 마중혁을 따라 걸었다.

그들의 발길이 닿은 곳은 마교 본단의 뒤쪽에 마련된 커다란 연무장이었다.

그곳엔 언제부터 나와 있었는지 모를 수십 명의 흑의인이 구슬땀을 흘리며 무공을 단련 중이었다.

"몸에 힘을 빼지 말고 더욱 빠르게 움직여라!"

그곳에는 붉은 두건을 두른 익숙한 얼굴이 흑의인들을 열심히 닦달하고 있었다.

"동자금."

마중혁과 태무선을 발견한 동자금이 손을 들어 무인들을 멈춰세웠다.

"오셨습니까. 대주님… 교주님."

"동자금이라고 기억하십니까."

"음…….”

언젠가 본적이 있는 듯하던 동자금의 얼굴을 가만히 떠

84

올리던 태무선은 고개를 가로저었다.

그러자 마중혁이 손을 휘휘 저었다.

"뭐 기억하지 않으셔도 문제될 건 없습니다. 중요한 놈은 아니니까요. 그것보다 이들을 보시지요. 이들은 신(新) 탈혼귀영대입니다."

"탈혼 귀영대?"

"교주님이 천마도에 계실 때 야 대협께서 새로운 탈혼귀영대를 육성하셨습니다. 그 뒤를 제가 이어받았습니다."

"그렇군."

"그리고 한 가지 부탁드릴게 있습니다."

"부탁?"

"저와 대련을 해주시겠습니까."

결연한 의지가 느껴지는 듯한 마중혁의 얼굴을 보며 태무선은 고개를 끄덕였다.

"원한다면."

* * *

탈혼귀영대의 모두가 지켜보는 앞에서 마중혁은 자신의 도를 꺼내들었다.

'후우!'

지금껏 단 한 번도 무공단련을 게을리 하지 않았다. 덕분에 참혼무영도를 무려 10성까지 끌어올린 마중혁은 내공을 갈무리하며 도를 치켜세웠다.

일렁이는 무형의 기운이 마중혁의 도신에 넘실거렸다.

"부디 전력을 다해주시기 바랍니다!"

마중혁의 외침에 맞춰 태무선이 주먹을 들어올렸다.

'전력을 다해달라······.'

태무선은 주먹을 강하게 말아쥔 후 마중혁을 응시했다.

'가만히 응시하는 것뿐인데 이런 압박감이라니···! 역시 교주님인가.'

마중혁은 자신을 가만히 응시하고 있는 태무선에게서 엄청난 압박감을 받았다. 그저 바라보고 있을 뿐인데도 온몸의 근육들이 비명을 지르며 긴장하기 시작했다.

'하지만 쉽게 패배하진 않겠다!'

이길지도 모른다는 허황된 꿈을 꾸진 않는다.

마중혁은 그저 태무선과의 치열한 접전을 꿈꾸며 몸을 날렸다.

부디 마교의 교주인 태무선이 자신을 믿고 맡길 수 있기를 바라며.

'절혼참도(切魂斬刀).'

참혼무영도의 도법 중 가장 빠르고 날카로운 검세를 가진 절혼참도가 마중혁의 도신을 빌려 펼쳐졌다.

날카로운 칼날이 태무선을 베어들었다.

태무선은 다가오는 마중혁의 참격을 보며 속으로 감탄했다.

'예전보다는 나아졌네.'

천둥벌거숭이마냥 달려들던 예전에 비하면 지금의 마중
혁이 가진 참격은 상당히 빠르고 파괴적이었다.

'봐주지 말라 했던가.'

봐주지 말고 전력을 다해달라던 마중혁의 말을 떠올린
태무선은 오른 주먹에 힘을 끌어모은 뒤 다가오는 마중혁
을 향해 빠르게 뻗었다.

"으헉!?"

마중혁은 정면에서 다가오는 태무선의 주먹을 보며 눈을
부릅떴다.

급히 도를 거둬들인 마중혁은 몸을 뒤로 눕히듯 낮췄고,
그의 머리 위로 태무선의 주먹이 지나갔다.

쿠과아아앙―!!

거대한 바람이 불어오며 마중혁의 신형이 튕겨나갔다.

바닥을 연신 구르며 간신히 몸을 일으켜 세운 마중혁을
향해 태무선이 무심히 말했다.

"뭐해?"

"허억… 허억…!"

가쁜 숨을 내쉬던 마중혁은 도를 고쳐잡으며 생각했다.

'겨우 권풍만으로 나를 날려버린 건가?'

고작 권풍이었다.

풍압만으로 튕겨날아간 마중혁은 심장의 두근거림을 느
꼈다.

이는 흥분으로 인한 두근거림이 아니었다.

'괜히 전력을 다해달라고 한 건가?'

공포였다.

태무선이 구황목에 의해 다치고, 기력이 많이 쇠해진 상태로 천마도에 들어간 것을 알고 있는 마중혁은 교주인 태무선의 상태가 예전보다는 많이 약해졌으리라 믿었다.

그리하여 이제는 자신과 태무선의 수준이 비슷하진 못해도 큰 차이는 없으리라 믿었는데…….

꿀꺽—!

마른 침을 삼킨 마중혁은 숨을 가다듬으며 내공을 끌어올렸다.

'교주님은 투신이다.'

투신의 유일한 제자이자 계승자.

마중혁은 자신의 안일함을 탓하며 입을 열어 말했다.

"죄송합니다. 이제부터는 진심을 다하겠습니다!"

마중혁이 신형을 붕 뛰어올랐다.

그의 도가 눈에 보이지 않을 만큼 빠르게 움직이며 수십 갈래의 참격을 만들어냈다.

날카로운 기세를 머금은 기운이 폭포처럼 쏟아졌다.

이를 올려다보고 있던 태무선은 자세를 살짝 낮추며 허리를 돌린 후 주먹을 끌어당겼다.

"흡!"

짧은 호흡과 함께 태무선이 주먹을 내질렀다.

꽈아앙―!

거대한 권풍과 함께 마중혁이 만들어낸 참격기가 순식간에 흩어졌다.

다시 한 번 풍압만으로 마중혁의 기운을 모조리 상쇄시킨 것이다.

'젠장!'

바닥에 내려앉은 마중혁은 고개를 들어 어금니를 악 물었다.

'역시 괴물이시군!'

설마 권풍만으로 자신의 도기(刀氣)를 날려버릴 줄이야.

마중혁은 어중간한 기술로는 태무선의 옷깃조차 스칠 수 없음을 깨달았다.

'절기를 사용해야 해.'

마중혁이 도를 빙글 돌리며 내공을 아낌없이 끌어올렸다.

예기(銳氣)를 머금은 기운들이 마중혁의 도신에서 솟구쳤고, 준비를 마친 마중혁이 몸을 날렸다.

그의 신형은 무려 다섯 갈래로 찢어지며 태무선을 덮쳐왔다.

'귀진무형참(鬼進無形斬).'

다섯 개의 신형으로 나뉜 마중혁의 다섯 신형이 동시에 도를 휘둘렀다. 강대한 힘을 머금은 참격이 태무선을 다섯 방향에서 베어왔다.

'이번엔 쉽지 않을 겁니다!'

형태를 가지지 않는 무형의 기운들이 태무선을 베어들어 갔다.

제 아무리 태무선이라고 하더라도 다섯 방향에서의 참격은 쉽사리 피하거나 막을 수 없으리라!

자신의 참격이 태무선을 베어들어가는 것을 응시하던 마중혁은 한순간에 자신의 시야가 어두워짐을 느꼈다.

'왜?'

덥석!

순식간에 얼굴을 잡힌 마중혁은 자신의 몸이 바닥에 곤두박질침을 느꼈다.

꽝!

마중혁의 신형이 돌을 깎아 만들어놓은 연무장에 처박혔다. 엄청난 충격에 순간 정신이 아득해졌던 마중혁은 힘겹게 정신을 차리려 노력했다.

흐릿해진 시야 사이로 주먹을 쥔 태무선의 모습이 보였다.

'아…….'

부우웅―!

대기가 찢겨지는 소리와 함께 태무선의 주먹이 마중혁을 향해 내리꽂혔다.

쿠구궁!

태무선과 마중혁을 중심으로 연무장에 거미줄과 같은 실금이 그어지며 연무장의 바닥이 솟구쳤다.

그 힘이 어찌나 강했는지 이를 멀리서 지켜보던 탈혼귀

영대의 무인들이 몸을 비틀거리며 균형을 잃었다.

"하아……."

마중혁은 자신의 머리 바로 옆에 꽂혀 있는 태무선의 주먹을 바라보며 안도의 한숨을 내쉬었다.

'저 주먹에 맞았으면… 꼼짝없이 죽었다.'

"됐어?"

말도 안 되는 무위를 보여준 태무선은 아무렇지 않은 얼굴로 마중혁에게 손을 내밀었다.

그 손을 맞잡고 몸을 일으킨 마중혁은 차마 고개를 들 수 없었다.

강해지겠다고 그렇게 맹세했건만, 태무선에게 단 두 합에 패배하였다.

"강해졌네."

그때 태무선의 목소리가 들려왔다.

위로할 필요 없다며 고개를 든 마중혁은 태무선의 손등에서 흐르는 피를 발견했다.

"나름 전력을 다했는데."

투신의 피부에 상처를 새겼다.

그 사실만으로도 마중혁은 감격스러웠다.

"배고프다 밥이나 먹자."

손등의 상처를 소매로 대충 닦아낸 태무선이 등을 돌려 걸어가자 마중혁이 급히 태무선의 뒤를 따라붙었다.

"오늘밤은 최고의 음식으로 준비하겠습니다!"

가히 최고의 음식으로 준비하겠다는 마중혁의 말은 허언
이 아니었다.
　상다리가 부러질 정도의 음식이라는 말은 바로 이것을
뜻하는 것일까, 태무선은 자신의 앞에 놓인 산해진미를 바
라보며 젓가락을 들었다.
　"오히려 고민되네."
　먹을 만한 음식이 차고 넘치니 오히려 고민이 되었다.
　한편, 식탁을 가득 채운 음식들의 위에서 방황하고 있는
태무선을 흐뭇하게 지켜보던 마중혁의 곁으로 홍산이 다
가왔다.
　"저분이 마교의 교주님이신가요."
　"아. 너는 처음 뵙겠구나."
　"네. 다행히 대주님께서 자신을 찾는 사내가 있으면 그
분이 교주님이라는 말씀을 해주셔서 큰 결례를 저지르진
않았습니다만……."
　"뭐가 걸리는 거라도 있는 게냐."
　홍산은 오랜만에 먹어보는 산해진미를 천천히 음미하며
식사를 이어나가는 태무선을 바라보며 조심스레 입을 열
었다.
　"저렇게 어리실 거라고는 생각지 못했습니다."
　"그래서 더욱 대단한 것이다. 저 어린 나이에 누구보다
도 더 훌륭한 교주님이 되셨으니."
　태무선에 대해 말하는 마중혁의 목소리에는 확고한 신의

와 자부심이 느껴졌다.

탈혼귀영대를 가르칠 적에는 악귀나 따로 없는 마중혁이 한없이 부드러워지자 홍산은 태무선이라는 사내가 더욱 궁금해졌다.

'싸우는 모습을 보니 무공실력은 과연 마교의 교주와 어울리는 분이셨지.'

참철마도 조철진의 참혼마도를 깨우친 마중혁은 마교의 절대고수 중 한 명이었다.

탈혼귀영대의 정예들과 마교의 무인들이 동시에 달려든다 해도 마중혁을 이길 수 있을까 말까한 수준이었는데, 그런 마중혁을 태무선은 단 두합에 제압한 것이다.

'연무장을 박살낸 모습은 말 그대로 투신(鬪神).'

홍산은 자신의 품속에 소중히 간직해오던 서적을 어루만졌다.

드디어 때가 온 것이다.

＊　＊　＊

식사를 마치고 마중혁이 편히 쉬라며 태무선에게 마교에서 가장 편안하고 안락한 건물을 내어주었다.

그 건물의 이름은 안락채(安樂砦).

이름 그대로 편안함을 가장 중시하여 만들어진 건물이었다. 높고 커다란 외벽으로 둘러싸인 안락채는 단 하나밖에 없는 정문을 제외하고는 외부와 단절되어 있었다. 건물의 중심부에는 커다란 연못이 존재했다. 놀랍게도 마중혁이 직접 관리한 화단도 함께.

대청마루에 앉아 안락채의 안락함을 마음껏 즐기던 태무선은 아주 오랜만에 푹 쉴 수 있었다. 태무선이 안락채에 들어간 지 이틀째에 홍산이 그를 찾아왔다.

"잠자리는 마음에 드시는지요."

"아주 마음에 들어."

아무 생각 없이 이틀 내내 빈둥거리던 태무선의 얼굴엔 윤기가 흘러내렸다.

그런 태무선의 앞으로 다가온 홍산은 품속에서 하나의 서적을 꺼내 태무선에게 내밀었다.

"이것을 받아주시겠습니까."

"이건?"

"야차율 전 대주님의… 유산입니다."

야차율의 유산이라는 얘기에 태무선은 서적을 받아 지체없이 펼쳤다.

그곳엔 한 명의 검사와 맨손의 노인이 존재했다.

검을 든 검사 그리고 희끗한 흰 머리.

두 노인이 서로를 향해 검과 손을 맞대고 있는 것을 바라보던 태무선은 그것이 야차율과 구황목을 나타냄을 알아차렸다.

둘의 싸움은 빠르게 이어졌다.

그들의 싸움을 그린 화책(畫冊)은 빠르게 이어졌다.

단순한 그림임에도 야차율과 구황목의 싸움은 마치 태무선의 눈앞에서 펼쳐지고 있는 듯했다.

'야차율… 구황목…….'

두 검사의 싸움은 구황목의 손이 야차율의 심장을 꿰뚫는 것으로 끝이 났다.

태무선이 서적의 끝을 접자 홍산이 말했다.

"저는 두 분의 싸움을 처음부터 끝까지 전부 지켜봤습니다. 야차율 전 대주님은 자신의 싸움을 기록하길 바라셨고, 이를 교주님께 건네 드리길 바라셨습니다."

야차율이 자신의 최후를 기록하게 한 이유는 모두 태무선을 위함이었다.

현 중원에서 마교의 교주인 태무선을 위협하는 가장 큰 위협은 바로 검신 구황목이었기에 그와의 싸움을 기록하여 태무선이 구황목을 이길 방안을 찾길 바란 것이다.

"고맙구나."

"아닙니다. 이는 모두 대주님의 뜻이었습니다."

홍산은 책을 건네 준 후 안락채를 떠났고, 홀로 남겨진 태무선은 야차율의 기록을 손에 들어올렸다.

"끝까지 쉴 수 없게 만드네……."

한 일주일간은 맘 편히 쉴 작정이었던 태무선은 야차율의 기록서를 품에 넣고 자리에서 일어섰다.

"정사대전에서 승리한 사악교가 제일 먼저 한 것은 개방을 없애는 일이었습니다."

"개방을?"

"예. 개방은 무림맹의 눈과 귀였으니 이를 먼저 없애려한 것이죠. 물론, 사악교의 의도는 정확히 먹혔습니다. 개방을 잃은 무림맹은 사방에서 몰아치는 사악교의 공세를알아차리기는커녕 자신들의 지부가 무너지고 한참이 지나서야 알아차렸다고 하니까요."

정사대전에서 승리한 사악교는 영리하게도 과거 무림맹이 그랬던 것처럼 무림맹의 눈과 귀를 멀게 하고 팔과 다리를 잘라냈다. 그리고 남은 것은 무림맹의 심장부, 바로무림맹의 총단이었다.

"들려오는 소식에 의하면 무림맹의 총단이 있던 자리엔사악교의 본 교단이 들어섰다고 하더군요. 명백한… 모욕이지요."

무림맹의 치욕은 그게 끝이 아니었다.

사악교는 무림맹의 총단이 있던 자리를 깨끗하게 밀어버린 후 자신들의 교단을 세웠다.

덕분에 무림맹은 북쪽으로 하염없이 물러서야 했고, 지금은 별동대를 구성해 중원 곳곳에서 정보를 모으는 중이

96

었다.

"무림맹으로서 한 가지 다행인 점은 구파일방의 아홉 문파와 오대세가는 건재하다는 것이죠."

"사악교가 그들은 건드리지 않은 건가?"

"그들은 단 한 번의 전쟁으로 무너질만한 문파들이 아닙니다. 하지만 지금은 강제로 봉문을 당한 상태죠."

"봉문이라… 그럼 어쨌든 무림맹이 완전히 무너진 건 아니라는 거지?"

"그렇습니다. 예전에 비할 바가 아니지만 무시할 수 있는 수준까지는 아닙니다."

태무선은 손끝으로 탁자를 두드리며 생각에 잠겼다.

그때 마중혁이 툴툴거리며 말했다.

"인정하긴 싫지만, 힘이 있는 곳이라면 어디든 붙는 사파무림과는 달리 정파 놈들은 신의(信義)를 중시하는 놈들이라 곧 죽어도 무림맹을 지키겠다는 거죠."

마중혁은 술잔에 술을 따르며 인상을 썼다.

"신의가 밥 먹여주는 것도 아니고."

신의를 목숨만큼 중시하는 무림맹의 행태를 답답하다는 듯 말하는 마중혁을 보며 태무선은 천천히 고개를 끄덕였다.

그래, 신의가 밥을 먹여주진 않는다.

하지만 태무선의 눈을 반짝거리게 만들기엔 충분했다.

"무림맹의 위치는?"

"아쉽게도 알아내진 못했습니다. 애초에 망해버린 무림

맹의 위치를 알아내봤자 의미도 없고요."

태무선이 무림맹에 관심을 갖는 듯하자 마중혁의 의아한 표정으로 물었다.

"그런데 무림맹의 위치는 왜 물어보신 겁니까?"

"맹주를 만나야겠어."

"무림맹주를 말입니까!? 무림맹 그놈들이 교주님에게 한 짓을 생각하면 찢어 죽여도 시원치 않을 놈들입니다! 그런 놈들을 왜 만나시려는 겁니까?"

분노를 터트리던 마중혁이 이제 알았다는 듯 손가락을 튕기며 말했다.

"아! 복수를 하시려는 거군요! 하긴 지금이야말로 무림 맹에 복수하기 딱 제격인 시기이죠."

"미끼가 필요해."

"미끼? 미끼라면… 설마 사악교를 꿰어낼 미끼 말씀이십니까?"

"지금의 사악교에게 가장 매혹적인 미끼는 무림맹이야. 무림맹을 이용해서 사악교를 끌어내다보면 사악교주를 만날 수 있겠지."

"아아… 사악교주를 만나시면 어떻게 하실 생각이십니까."

마중혁의 물음에 태무선은 뭘 그런 걸 왜 묻느냐는 듯한 얼굴로 답했다.

"족쳐야지."

서북행(西北行)

이른 아침, 태무선은 몇 벌의 옷과 돈을 챙겨 안락채를 나왔다.

이를 발견한 마중혁이 헐레벌떡 달려왔다.

그의 등에는 커다란 등짐이 메여 있었다.

"지금 가십니까?"

"그래야지. 그런데 넌 왜?"

"당연히 저 마중혁이 교주님과 함께 움직이는 것이 당연하지 않습니까. 예전처럼!"

"넌 마교를 지켜야지."

"하지만……."

"여기 있어. 그리고 네 얼굴로 찾아가면 기겁하며 덤벼들 게 뻔하니까."

마지막 한마디는 뾰족한 창이 되어 마중혁의 가슴을 찔러왔지만, 반박할 순 없었다.

무림맹을 찾아간다는 태무선의 곁에서 그를 지켜주고 싶은 마음이 굴뚝같았지만, 자신이 무림맹을 찾아간다면 될 일도 안 될 가능성이 컸다.

"차라리 홍산이라도 붙여드리는 편이 좋지 않겠습니까?"

"괜찮아."

태무선은 홍산의 동행도 거부한 채로 마교를 나섰다.

5년만의 재회를 단 며칠 만에 끝낸 마중혁의 얼굴에는 서운함이 가득했지만, 차마 태무선의 앞길을 막을 순 없었다.

"부디 무탈하시기를……."

마중혁은 멀어져가는 태무선을 향해 고개를 숙이며 그의 앞길이 평온하기를 기도했다.

"이제 어디로간담."

마차를 태워주겠다는 목야마저 마교에 붙여두고 산을 내려온 태무선은 무림맹이 터를 잡았다고 알려진 서북부를 향해 걸었다.

"걷다보면 언젠간 만나겠지."

위치도 길도 모르지만 태무선은 태평했다.

걷다보면 언젠간 만나지 않겠는가.

*　*　*

"얼마나 살아남았는가?"

"총 네 개의 조가 살아남았습니다."

"어제는 분명히 여섯 조가 아니었던가?"

"두 개의 조… 돌아오는 중 습격을 당했고, 맹의 위치를 들키지 않기 위해 길을 틀었다고 합니다."

"제길!"

무림맹 별동대의 총 책임자인 송무용의 주먹이 거칠게 탁자를 내리쳤다.

벌써 12개의 조에서 8개의 조가 사악교의 습격에 당했다.

"개방이 이렇게 쉬이 무너질 줄이야."

무림맹의 역사상 그들의 눈과 귀가 되어주었던 개방이 괴멸당한 것은 이번이 처음이었다.

애초에 개방의 위치는 극비였고, 같은 개방의 거지들조차 개방의 위치는 알지 못할 정도였다.

그런데 어떻게 알아냈는지 사악교는 개방의 분타들을 포함해 개방의 본거지를 습격했다.

개방의 거지들은 필사적으로 대항하며 싸웠지만, 사악교의 힘을 막기엔 역부족이었다.

덕분에 눈과 귀가 되어주었던 개방을 잃은 무림맹은 할

수 없이 별동대를 꾸려 중원에서의 정보를 수집하기 시작
했다.

하지만 이를 알아차린 사악교가 비림의 살수들을 동원해
맹의 별동대를 습격한 것이다.

그러기를 벌써 3기 별동대까지 오고야 말았다.

수많은 고수들이 비림의 살수들에게 목숨을 잃었고, 이
제는 후기지수였던 젊은 무인들이 선대 무인들을 대신하
여 별동대를 이끌고 있었다.

"남은 조는 어떻게 되는가?"

"남은 조는 4조와 6조 그리고 11조와 12조입니다. 그
중에서도 4조와 11조는 단 한 명의 사상자도 없다고 합니
다."

"역시 4조인가."

송무용은 4조의 명단을 눈으로 훑으며 고개를 끄덕였다.

별동대는 비림의 살수들과 대적하는 것이 금지되어 있었
다.

애초에 비림의 살수들과 싸워 이기는 것도 불가능하지
만, 혹시나 포로로 사로잡혀 맹의 위치를 노출시킬 수도
있기 때문이다.

가급적이면 포로로 사로잡힐 것 같으면 자결을 하는 것
이… 별동대의 지상명령 중 하나였다.

하지만 4조는 예외였다.

"유일하게 비림의 살수들과 대적이 허가된 조……."

12개의 별동대 중 유일하게 비림의 살수들과의 대적이 허가된 조가 바로 4조였다.

다섯 명의 무인으로 구성된 4조는 별동대에서는 유일하게 비림의 살수를 유인하여 제거하는 데에 성공한 최초이자 마지막 조였다.

"현재 4조는 어디 있나?"

"마지막으로 섬서성의 남쪽 부근에 있는 것으로 파악되었습니다."

"부디 무사하기를……."

중원무림의 전체적인 모습을 새긴 중원전도를 손끝으로 훑던 송무유의 손끝에서 미세한 떨림이 느껴졌다.

그의 불안한 눈빛은 섬서성의 남쪽을 향했다.

* * *

"역시 말보다는 소야."

말은 이동수단으로써는 상당히 훌륭한 동물이었지만, 태무선은 말보다는 소를 선호했다.

그 이유는 말고기보다는 소고기가 더 맛있었고, 말보다는 소가 더 수레를 잘 끌고 가기 때문이었다.

말을 탈 줄 모르는 태무선은 소가 이끄는 수레위에 건초더미에 누웠다.

영리한 황소는 길을 따라 천천히 나아가고 있었으니 태

무선이 굳이 고삐를 건들 필요는 없었다.

"화창하구만."

하늘은 화창했고 날씨는 선선했다.

건초더미는 푹신했으니 더할 나위 없이 편안했던 태무선
은 만족스러운 얼굴로 눈을 감고 잠을 청했다.

그러나 태무선의 잠은 오래가지 못했다.

"그니까 검문을 위해서니 안에 누가 들어 있는지 보여달
라니까!?"

"이 마차는 백화궁 소궁주님의 것입니다."

앞에서 들려오는 여인과 사내들의 웅성거림에 잠에서 깬
태무선은 고개를 들어 하얀 천으로 뒤덮인 마차를 바라봤
다.

하얀 천으로 덮인 마차의 안쪽은 사람의 형상이 보일 뿐
이었고, 마차를 이끌던 두 여인은 날카로운 눈빛으로 자신
들을 가로막은 사내들을 노려보고 있었다.

"하… 말했잖아! 무림맹의 개들이 설치고 다니니 검문을
해야 한다고."

"우리 백화궁은 중원무림과는 아무런 연관도 없습니다."

"그건 그거고 마차나 열어봐!"

자신들을 '백화궁'이라 소개한 여인들과 사내들의 설전
을 지켜보던 태무선은 소의 궁둥이를 발끝으로 때리며 말
했다.

"가자, 누렁아."

괜히 끼어들고 싶진 않았기에 태무선은 앞으로 나아갔다.

그런데 그때 사내들 중 한 명이 태무선과 누렁이의 앞을 가로막았다.

"넌 뭐냐?"

사내의 거친 음성이 태무선을 향했고 태무선은 건초더미에 누워 대답했다.

"지나가는 과객이오."

"흠."

사내는 껄렁껄렁한 걸음걸이로 걸어와 태무선이 타고 있는 수레를 들춰봤다.

돈이 되는 물건이나 사람을 숨기고 있나 검문이라도 하는 듯 사내는 검 끝으로 건초더미를 두어 번 찔러보더니 손을 휘저었다.

"지나가라."

검문에 통과한 태무선은 재차 누렁이의 궁둥이를 발끝으로 찔렀다.

음—머—

소는 짧게 울며 앞으로 나아갔고, 사내들의 곁을 지나가기 시작했다.

"잠깐."

열 명의 사내들 중 기다란 창을 가진 남자가 자신의 창을 수레에 박아넣었다.

콰직 소리와 함께 꿰뚫린 수레는 창에 박혀 옴짝달싹 할 수 없게 되었다.

"넌 뭐냐? 보통 이런 상황이면 긴장하거나 두려워하길
마련인데……."

한쪽은 삭발을 하고 한쪽은 머리를 길게 기른 이상한 모
양새의 남자는 쭉 찢어진 눈길로 태무선을 훑으며 말을 이
었다.

"네놈은 비정상적으로 침착하단 말이야?"

"비켜."

태무선이 무미건조한 목소리로 창대를 발등으로 툭툭 건
드리자 남자의 이마에 핏줄이 돋아났다.

"뒈지고 싶은 거냐?"

"그래, 이분이 누구인지 알고나 이러는 거냐?"

"알고 싶지 않아. 그러니까 비켜 귀찮게 굴지 말고."

자신의 창대를 발등으로 두드리는 태무선을 지켜보던 남
자의 얼굴이 험악하게 일그러졌다.

"오냐 잘 기억하거라. 내 이름은 구혈창 괴유다!"

빠득—!

괴유의 창이 두 동강 나며 부러졌다.

인내심의 한계를 느낀 태무선이 괴유의 창을 발로 차 부
러뜨린 것이다.

"비켜."

차갑게 식은 태무선의 목소리에서 모종의 불안감을 느낀
괴유는 한걸음 물러서며 자신의 부러진 창대를 바라봤다.

'내 창이……?'

꽤 이름난 장인에게 뜯어낸 자신의 장창이 단 한 번의 발길질로 부러지자 괴유의 얼굴이 기형적으로 뒤틀리며 분노했다.

괴유는 들고 있던 창의 반쪽을 바닥에 내던지며 등에서 여분의 창을 뽑아냈다.

"이 놈이 죽고 싶은 거냐!"

괴유가 창을 치켜들며 태무선을 향해 겨누자 나머지 아홉 명의 사내들이 각자의 병장기를 꺼내들며 태무선을 겨누었다.

"감히 우리 구유문을 모욕하다니!"

"사악교가 두렵지 않으냐!"

"살려달라고 빌어도 이미 늦었어!"

사내들은 자신들의 문파 명과 함께 사악교를 잊지 않고 거론했다.

그들의 문파가 어디든 사악교와 연관이 있든 없든 별 관심이 없었던 태무선은 머리를 긁적이며 열 명의 사내들의 숫자를 눈으로 헤아렸다.

"열 명이라."

굳이 모두를 상대할 필요는 없었다.

이중에서 우두머리로 보이는 자를 찾아 족치면 그만.

태무선은 시선을 돌려가며 우두머리로 보이는 자를 찾았다.

'저놈이군.'

유일하게 병장기를 뽑지 않고 팔짱을 끼고 있는 근육질의 남자.

반쯤 찢어진 무복을 입은 남자는 신중한 눈길로 상황을 지켜보고 있었다.

모름지기 한 조직의 수장은 섣불리 나서지 않는다.

멀리서 상황을 지켜보고 올바른 판단을 내리는 것이 바로 수장의 역할이었다.

'저놈만 족치면 되겠다.'

태무선이 몸을 일으켰다.

아니, 태무선이 몸을 일으키려던 순간, 마차의 문이 소리 없이 열렸다.

그리고 나타난 여인.

백의를 입은 여인의 등장에 구유문의 무인들은 넋을 놓은 듯 입을 떡 벌렸다.

흑발의 머리를 곱게 땋아 올렸고, 피부는 백옥처럼 하얗게 빛났다.

유려한 곡선을 지닌 몸은 실력 있는 조각가의 조각상같았고, 그녀의 옥수(玉手)는 자신의 허리춤에 꽂혀 있는 검 손잡이를 움켜쥐고 있었다.

"우리 백화궁은 무림맹이나 사악교라하는 무림의 정세에는 관심 없다. 허나… 백화궁의 앞길을 막겠다면."

스릉—!

여인의 허리춤에서 기다란 검신이 흘러나왔다.

마치 흐르는 물결처럼 자연스럽게 검집에서 뽑혀나온 검신에서는 미약한 분홍빛이 감돌았다.

"백화궁의 소궁주로서 가만히 있을 수는 없지."

여인의 등장에 구유문 무인들의 눈이 휘둥그레졌다.

하얀 천을 거두고 마차를 빠져나온 여인은 백의를 입은 선녀나 다름이 없었다.

볼은 불그스름했고 귀와 목에 걸려 있는 은빛의 장신구는 햇빛을 받아 반짝였다.

선녀 같은 여인의 등장에 사내들의 눈엔 여러 가지 감정들이 깃들었다.

"제가 말씀드렸잖습니까. 크큭."

부하의 얘기에 팔짱을 끼고 상황을 지켜보던 덩치의 남자가 앞으로 나섰다.

"난 구유문의 소문주 주곡창이라고 하오."

남자는 포권을 올리며 여인의 앞으로 다가왔다.

그는 희미한 미소를 띠우며 자신들의 부하를 뒤로 물렸다.

"소저에겐 결례를 범한 것을 매우 죄송스럽게 생각하고 있소. 하지만 무림의 사정이라는 것이 있다 보니……."

주곡창이 사과의 뜻을 전하자 여인은 자신의 검을 검집에 밀어넣었다.

그가 싸울 의사를 보이지 않았기 때문이었다.

"저… 괜찮다면 소저의 이름을 알려줄 수 있겠소?"

주곡창의 물음에 여인은 대답 대신 신형을 돌려 천을 거두고 마차로 들어갔다.

이를 지켜보던 수행원으로 보이는 두 여인이 주곡창을 향해 날이 선 목소리로 말했다.

"용건이 끝났다면 이제 비키세요."

비키라는 두 여인의 날 선 목소리에 주곡창의 얼굴이 굳어졌다.

"쯧… 호의를 베풀어줬건만……."

주곡창이 손을 들어올리자 구유문의 무인들이 마차를 에워쌌다.

"이게 무슨 짓이죠?"

더욱 싸늘해진 여인들의 물음에 주곡창이 비열한 웃음소리를 흘리며 팔짱을 꼈다.

"그러게 이름을 알려줬으면 좀 좋았겠느냐. 감히 우리 구유문을 무시하다니… 안에 들어 있는 계집에게 당장 나오라고 말하거라!"

"감히… 소궁주님을 계집이라 말하다니."

소궁주라 불리는 여인이 모욕을 당한 것을 참을 수 없었는지 두 여인이 유려한 곡선을 그려내며 검을 뽑아들었다.

이에 구유문의 무인들도 본격적으로 싸울 준비를 했다.

"가자, 누렁아."

한편, 그들의 기 싸움을 지켜보던 태무선은 누렁이의 엉덩이를 두드렸고, 누렁이는 앞으로 천천히 나아갔다.

태무선을 태운 누렁이의 수레가 마차와 사내들의 품속에서 거의 빠져나올 때쯤 한 남자가 태무선을 향해 빠르게 다가왔다.

"이 새끼가!"

괴유가 자신의 창을 태무선에게 겨누며 소리쳤다.

"어딜 가는 거냐!"

"제발 귀찮게 굴지 마."

태무선이 벌레를 쫓듯 손을 휘저으며 괴유를 내쫓으려하자 그는 더 이상 분을 참지 못하고 창을 들어 태무선의 목젖에 겨누었다.

"오냐, 이제 보니 죽고 싶어 환장한 것 같으니 내 손수 네 소원을 들어주마!"

"그보다 네 동료들이나 챙기지."

"그 따위 잡기에 내가 당할……."

"끄악!"

"커헉!"

등 뒤에서 들려오는 사내들의 거친 비명소리에 괴유가 고개를 돌렸다.

그리고 그곳에는 믿을 수 없는 일이 벌어지고 있었다.

단 두 명의 여인이 유려하고 화려한 검법을 펼치며 구유문의 무인들을 차례차례 쓰러뜨리고 있었던 것이다.

"젠장! 겨우 두 명을 이기지 못하고 쩔쩔 매다니!"

괴유는 분통을 터트리며 자신의 창을 고쳐잡았다.

"넌 여기 있어라! 한 발자국이라도 움직인다면 네 목엔 나의 창이 꽂힐 테니까!"

이 말을 끝으로 괴유는 자신의 창을 꼬나쥐고 여인들을 향해 몸을 날렸다.

두 여인은 매섭게 덤벼드는 구유문의 무인들에게 맞서 수적열세에도 불구하고 대등하게 싸움을 펼쳤다.

하지만 이를 탐탁지 않게 지켜보던 주곡창이 자신의 검을 뽑아들면서부터 전세가 달라졌다.

"흐아압!"

주곡창의 검이 맹렬한 기세로 날아들어 여인들을 압박했다.

두 여인은 익숙한 듯 합격기를 펼치며 주곡창을 포함한 구유문의 무인들에게 대항했으나, 뒤이어 괴유까지 끼어들자 밀리기 시작했다.

"하하! 어떠냐, 건방진 계집년들아!"

주곡창의 검이 여인의 어깨를 베자 피가 튀어 마차를 덮고 있던 하얀 천에 흩뿌려졌다.

"큭!"

두 여인이 뒤로 물러서며 검을 고쳐쥐며 자세를 바로잡았다.

"물러서라."

그때 마차 안에서 여인의 목소리가 들려왔고, 두 수행원은 고개를 숙이며 뒤로 물러섰다.

　그 모습을 지켜보던 주곡창이 끌끌거리며 웃었다.

　"암. 네가 나와야지. 건방진 년……."

　주곡창이 내공을 끌어올리며 검에 힘을 더 했다.

　'수행원으로 보이는 계집들의 수준이 보통이 아니었다. 필시 소궁주라는 여자는 더 강하겠지.'

　소궁주라 불리는 여인의 무공수준은 뛰어날 게 분명했다.

　그게 아니라면 수행원들이 물러설 이유가 없기 때문이었다.

　그러나 주곡창은 자신만만했다.

　이런 경우를 위해서 준비해둔 게 있었기 때문이었다.

　주곡창의 시선이 괴유를 향하자 그의 눈빛에 담긴 뜻을 알아차린 괴유가 섬뜩한 얼굴로 이를 드러내며 웃은 뒤 고개를 끄덕였다.

　"자, 이만 나오시지요."

　주곡창이 두 팔을 펼치며 여인을 기다렸고, 곧이어 천이 거둬지며 마차의 문이 열렸다.

　그리고 등장한 백의의 여인은 자신의 검을 뽑아들고 주곡창을 응시했다.

　"정 피를 보겠다면, 그리 해주마."

　여인이 가벼운 발걸음으로 마차에서 내려오자 주곡창은 온전히 드러난 여인을 위아래로 훑으며 만족스러운 미소를 지었다.

"글세… 누구의 피가 흐를지는 지켜봐야 알겠지!"

주곡창의 외침이 끝나기가 무섭게 구유문의 무인들이 일제히 여인에게로 달려들었다.

그들의 검이 일제히 여인을 노리며 찔러들어가자 여인은 자신의 검을 들어올렸다.

스릉—!

여인의 검이 원을 그리며 휘둘러졌다.

그와 동시에 여인의 검신에서 흘러나온 분홍빛의 기운이 사방에 펼쳐졌다.

그 모습은 마치…….

"꽃잎."

태무선은 눈앞에 펼쳐지는 꽃잎을 신기한 듯 바라봤다.

여인의 검신에서는 꽃잎모양의 검기가 흘러나왔고, 놀랍게도 구유문 무인들의 검은 여인의 검신에 빨려들어갔다.

"윽!?"

"뭐, 뭐야!"

당황한 무인들이 자신들의 검을 빼내려 노력했지만, 한 번 빨려들어간 그들의 검은 여인의 검신에서 떨어질 생각을 하지 않았다.

"피를 보려 하지 않았건만."

여인은 북해의 서릿발처럼 차가운 목소리와 눈동자로 사내들을 응시했다.

"보겠다면 어쩔 수 없지."

여인의 검이 반월을 그리며 휘둘러지자 꽃잎모양의 검기가 사내들을 향해 날아들었다.

수십 개의 칼날이 된 꽃잎이 구유문 무인들을 난도질했다.

"끄악!"

팔과 다리 그리고 몸통을 난도질당한 무인들이 바닥을 나뒹굴며 괴로워했다.

그들의 몸에서 흐르는 핏물이 바닥을 적셨다.

여인은 냉정한 얼굴로 쓰러진 무인들에게서 시선을 뗐다.

차가운 그녀의 시선이 닿은 곳엔 주곡창이 서 있었고, 그는 여인을 향해 박수를 쳤다.

"대단하군! 빼어난 외모만큼이나 빼어난 무공 실력이로다."

"네가 이들의 우두머리인가."

"그래. 내가 구유문의 소문주 주곡창이다. 이미 한번 얘기했지만……."

"네가 구유문의 소문주라는 것은 관심 없다. 물론, 네 이름도."

여인의 검끝이 주곡창을 겨누었다.

"지금이라도 물러서면 목숨은 살려주겠다."

"크크큭! 그것 참… 자애로운 계집이구나!"

주곡창이 몸을 웅크린 후 비호처럼 몸을 날렸다.

과연, 한 문파의 소문주답게 주곡창은 매서운 속도로 다가가 여인을 향해 검을 휘둘렀다.

그의 검은 날카로운 검기를 머금고 있었다.

"조잡한 검법."

여인의 칼끝이 주곡창의 검신을 찍어 눌렀다.

"윽!"

믿기지 않을 만큼 정확하고 빨랐다.

제대로 된 반응조차 하지 못하고 검을 처박은 주곡창의 시선이 여인을 향했다.

그녀는 감정이 거의 느껴지지 않는 눈으로 주곡창을 노려보고 있었다.

"사, 살려주시오!"

검을 제압당한 주곡창은 뒤도 돌아보지 않고 두 무릎을 꿇으며 고개를 숙였다.

눈 깜짝할 사이에 태도가 돌변한 주곡창을 혐오스러운 눈길로 내려다보던 여인은 주곡창의 검을 발끝으로 짓밟았다.

"나는 네게 기회를 주었다. 하지만 너는 내가 내린 기회를 무시했지."

"죄송합니다… 제가 분수를 모르고 백화궁의 소궁주에게 덤벼들었습니다. 제발… 제발 이번 한번만 용서해주십시오!"

혐오를 넘어 경멸어린 시선으로 주곡창을 노려보던 여인은 발을 거두며 말했다.

116

"내 앞에서 당장 꺼지거라."

"가, 감사합니다!"

주곡창이 고개를 바닥에 처박고 감사를 전하고 있을 무렵 괴유가 자신의 창을 양손으로 붙잡고 기를 끌어모았다.

괴유의 내공이 회오리치며 그의 창끝에 모여들며 회전했다.

'지금이다!'

여인의 신경이 온통 주곡창에게 쏠려 있는 지금!

괴유의 창이 여인을 향해 맹렬한 속도로 찔러들어갔다.

"하하핫! 방심했나!"

괴유가 움직이는 것과 동시에 주곡창이 몸을 일으켜 세우며 자유의 몸이 된 자신의 검을 사선으로 베었다.

괴유와 주곡창의 합공!

창과 칼날이 매섭게 덤벼들었다.

'내 공격이 실패해도 소문주님의 공격은 막을 수 없을게다! 어떠냐, 선택해야 할……!'

괴유는 자신의 창이 여인의 심장부를 향해 뻗어가는 것을 보며 환희의 미소를 지었다.

그 미소는 승리를 확신한 자의 웃음이었다.

그러나 그의 창은 여인에게 닿지 못했다. 누군가 그의 창을 잡아버린 것이다.

"억!"

마치 아주 커다란 쇠사슬에 걸린 듯 뻗어지던 창이 멈춰

서자 도리어 괴유가 역류하는 자신의 내공에 내상을 입고
말았다.

"쿨럭!"

각혈을 하며 고통스러운 표정을 짓던 괴유는 재빨리 자
신의 창을 움켜쥔 손을 따라 시선을 돌렸다.

그곳엔 태무선이 서 있었다.

"네, 네가……!"

"네놈들이 이래서 항복을 해도 봐주질 못하는 거야."

콰직―!

태무선이 한손으로 괴유의 창을 부러뜨린 후 남은 오른
손으로 괴유의 가슴을 후려쳤다.

퍼억―!

북 터지는 소리와 함께 괴유의 신형이 멀찍이 날아가 바
닥에 널브러졌다.

대충 힘을 조절하긴 했으나 괴유는 더 이상 숨을 쉬지 못
했다.

아무래도 내상을 입은 상태로 태무선의 권격을 이겨내는
것은 무리였던 모양이었다.

"젠…장!"

한편 주곡창은 자신의 검을 막아낸 여인을 보며 인상을
썼다.

원래라면 괴유의 창과 자신의 검이 동시에 여인을 공격
했어야 했는데, 웬 어벙해 보이는 사내가 괴유를 단 한방

에 죽여버린 것이다.

"더 보여줄 것은 없는 건가."

여인의 무심한 목소리에 주곡창은 재빨리 품속에 손을 넣고 갈색 주머니를 꺼내 던졌다.

이 갈색 주머니는 하늘에 떠오르며 잿빛 모래를 흩뿌렸다.

'사독(沙毒)?'

잿빛 모래에서 느껴지는 독기에 여인은 소매를 휘저으며 뒤로 물러섰다.

덕분에 여인과 거리를 두는 데에 성공한 주곡창은 재빨리 숲속으로 도망쳤다.

"소궁주님!"

"괜찮으십니까?"

멀리서 여인의 싸움을 지켜보던 두 수행원이 다가와 여인의 안위를 묻자 여인은 고개를 끄덕이며 소매를 털어냈다.

"중원인들은 비열한 짓을 서슴없이 저지른다던데… 사실이군요!"

"그러게 말입니다. 아무래도 어서 백화궁으로 돌아가야 할 것 같습니다."

두 수행원의 얘기를 가만히 듣고 있던 여인은 어느새 누런 소와 함께 길을 떠나고 있는 사내를 응시했다.

간단히 통성명조차 없이 떠나가는 사내의 뒷모습을 가만히 바라보던 여인은 마차로 돌아가며 말했다.

"궁으로 돌아가자."

                    *   *   *

"하아암—!"

늘어져라 하품을 토해낸 태무선은 건초더미에서 몸을 일
으켰다.

마교를 떠나 서북부를 향해 올라가기 시작한지도 벌써
닷새가 지났다.

"홍산이라도 데려올 걸 그랬나."

우습게도 태무선은 지금 길을 잃었다.

소를 움직이고 지도를 살피기 귀찮다는 이유로 길이 있
는 곳이라면 직진에 직진을 거듭한 결과 여기가 어디인지
알 수 없는 경지에 이르렀다.

어쭙잖은 무공 실력을 가진 사람과 동행하는 것이 홀로
움직이는 것보다 귀찮다는 것을 깨달은 태무선은 홍산과
목야를 두고 마교를 나왔다.

하지만 그 덕분에 길을 잃은 태무선은 하늘을 올려다보
았다.

어둑해진 하늘에는 꽤 많은 별들이 떠 있었다.

"봐도 모르겠네."

별을 보고 집을 찾아가는 사람도 있다는데 바다에서도
그렇고 지금도 그렇고 태무선의 눈엔 별은 별일뿐 길잡이
가 되어주지 못했다.

120

"일단 가다보면 나오겠지."

태무선은 태평하게 몸을 눕혔다.

아직 돈은 꽤나 남아 있었고, 소에게 먹여줄 여물도 남아 있었다.

건초더미를 가져오길 잘했다고 생각한 태무선은 깍지 낀 손으로 머리를 맞대고 잠을 청했다.

그러나 이번에도 태무선의 평온함은 오래가지 못했다.

쿵—!

코끝을 스치듯 흘러들어오는 피내음.

태무선은 고개를 들어 피 냄새가 느껴지는 방향으로 고개를 돌렸다.

그곳은 꽤나 높은 산이었는데, 한두 명의 피냄새가 아니었다.

평소라면 무시하고 지나갈 만도 했지만, 왜인지 태무선은 수레에서 내려 산 쪽으로 고개를 들어올렸다.

"요란하네."

산을 가로질러가는 수십 개의 인기척.

정신을 집중하고 감각을 극한으로 끌어올리지 않았다면 태무선조차 놓쳤을 아주 은밀한 기척이었다.

수십 개의 인기척이 산을 떠나가자 태무선은 코를 찔러오는 피내음을 따라 발길을 옮겼다.

별동대(別動隊)

산에 도착한 태무선의 눈앞에 비친 것은 일곱 구의 시체였다.

검녹빛의 무복을 입은 젊은 남녀로 이루어진 시신.

죽은 지 얼마 되지 않았는지 젊은 남녀의 시신들에게선 온기가 느껴지는 듯했다.

선홍빛의 피가 여전히 상처부위를 타고 흐르고 있었다.

"깔끔하네."

지강천조차 칭찬했을만한 솜씨였다.

태무선은 자세를 낮춰 죽은 이들을 살폈는데 그들은 하나같이 사혈을 찔리거나 베였으며, 정확히 목이 베이고 심

122

장이 꿰뚫렸다.

과연 뛰어난 실력을 지닌 살수의 솜씨라 할 수 있었다.

"살아남은 사람은……."

태무선이 시야를 넓게 하여 주변을 둘러보았으나 살아 있는 자는 아무도 없었다.

"늦었나."

아직 죽기에는 이른 젊은 나이의 무인들.

그들을 죽인 것은 수준급의 실력을 가진 살수들.

태무선은 직감적으로 이들이 무림맹의 별동대임을 깨달았다.

그 이유야 간단했다, 수준급의 살수의 암살행에 젊은 무인들이 죽는 건 비정상적인 일이었으니.

"번거롭지만 어쩔 수 없지."

태무선은 주먹에 힘을 실어 주변 공터에 깊은 구덩이를 여러 개 만들었다.

뒤이어 죽은 젊은 무인들의 시신을 각각의 구덩이에 넣어 차례대로 묻어주었다.

살수들에게 목숨을 잃은 젊은 무인들의 시신은 비교적 깨끗한 편이었으니 그들의 시신이 들짐승의 밥이 되지 않게 해주려는 최소한의 배려였다.

"이게 마지막인가."

유일하게 한손에 단도를 쥔 채 죽어 있던 사내를 들쳐 멘 태무선은 그의 시체를 마지막 구덩이에 밀어넣었다.

그런데 그때 사내의 손에 힘이 풀리며 단도와 함께 금목걸이가 바닥에 떨어졌다.

"이건 뭐지?"

금목걸이를 손에 쥔 태무선은 그 안에 쓰여 있는 '당(唐)'이라는 글자가 쓰여 있었다.

이게 무엇을 의미하는지는 알 수 없었으나 태무선은 목걸이를 손에 쥐었다.

"될 수 있으면 전해주마."

관이 짜여 있지 않은 대충 많은 흙무덤이었다.

이런 곳에 목걸이를 함께 묻었다가는 시신과 함께 목걸이가 사라질지도 몰랐으니, 태무선은 또 다른 별동대를 만나면 건네주기 위해 목걸이를 챙겼다.

"그리고 이건 무덤을 만들어준 값이라고 생각해."

태무선은 사내의 검녹빛 무복을 벗긴 후 자신이 챙겨온 여분의 검은 무복을 입혀주었다.

마지막 사내의 무덤까지 만들어 준 태무선은 품속에 목걸이를 챙긴 후 신형을 돌렸다.

무림맹의 별동대가 이곳에 있었다면, 또 다른 별동대도 있을 가능성이 컸다.

어느새 사내의 검녹빛 무복으로 갈아입은 태무선은 소매를 정돈했다.

특이하게도 숨겨둔 무복의 소맷자락에는 육(六)이라는

숫자가 적혀 있었다.

소매에 적힌 숫자를 대수롭지 않게 넘긴 태무선은 소맷자락을 접은 후 시선을 멀리 던졌다.

"흠. 산으로 움직여야 하는 건가."

보아하니 별동대는 산길을 위주로 움직이는 듯했다.

생각을 마친 태무선의 신형이 빠르게 사라졌다.

* * *

"소식은… 여전히 없는 거야?"

단발머리의 여인이 간절한 목소리로 물었지만, 뒤늦게 그들에게 다가온 사내는 침통한 얼굴로 고개를 가로저었다.

"제길……!"

애꿎은 나무를 주먹으로 후려친 여인은 이를 갈며 고통스러워했다.

분명 이곳에서 6조와 조우하기로 했다.

그러나 6조는 약속된 시간에 나타나지 않았고 소식조차 전해지질 않았다.

이를 뜻하는 것은 단 하나밖에 없었다.

"아무래도 6조가……."

6조가 당했을 가능성이 컸다.

이 소식을 전해들은 젊은 무인들의 시선이 불안하게 흔들렸다.

한동안 나무를 주먹으로 후려치며 고통스러워하던 여인은 입술을 강하게 깨물었다.

아찔한 고통과 함께 비릿한 피맛이 느껴졌다.

"움직이자. 근처에 비림의 살수들이 있을지도 모르니."

여인은 자신의 동료들과 함께 숲길을 따라 은밀히 이동했다.

'이제 남은 것은… 4조와 11조 뿐인가.'

이번 별동대는 총 12개조로 구성되었다. 그중에서도 여인, 당수아가 포함된 12조는 가장 마지막에 구성된 별동대로 일종의 후발대라 할 수 있었다.

처음 비림의 살수에 당한 조는 1조와 2조였다.

그들의 시신을 발견한 3조는 시신을 데려오려다가 비림의 살수들이 파놓은 함정에 빠져 두 명의 사상자를 만들고는 간신히 도주했다.

하지만 그들의 도주는 얼마가지 못했다.

'3조에 이어서 5조와 8조… 그리고 7조가 당했지.'

12개의 별동대는 빠른 속도로 괴멸했다.

이미 무림맹의 별동대가 중원 곳곳에서 활동하고 있음을 인지한 사악교에서 비림의 살수들을 풀어 별동대를 사냥하기 시작한 것이다.

고수들로 이루어진 초기 별동대는 별다른 활약을 하지 못한 채 괴멸했고, 뒤이어 후기지수로 이루어진 새로운 별동대가 구성됐다.

일의 위험도가 매우 높았기 때문에 실력 있는 젊은 무인들로 구성되었고, 오로지 지원자로 하여금 별동대가 구성되었다.

'지금은 슬픔에 잠겨있을 때가 아니야.'

마음껏 목청 높여 울고 싶은 마음이었지만, 당수아는 울 수 없었다.

그녀는 12조의 조장으로서 자신을 믿고 따르는 4명의 무인들을 지켜야 할 의무가 있었다.

게다가 이미 당수아는 2명의 동료를 잃었다.

'모용순과 가랑의 희생을 헛되이 할 수 없어.'

마음을 다잡은 당수아는 자신을 따르는 4명의 젊은 무인들을 향해 소리 낮춰 명령했다.

"가자."

"응!"

당수아를 따라 4명의 별동대가 은밀히 움직이며 어둑한 숲길을 헤쳐나갔다.

* * *

"움직이고 있습니다."

"아무래도 다른 별동대와 합류하기로 했던 것 같은데… 눈치 없는 비림 놈들이 또 일을 그르쳤군."

귀를 후비며 그물로 엉성하게 만든 침대에서 몸을 일으

킨 남자는 자신의 철퇴로 어깨를 두드리며 멀리서 미약하게 흔들리며 움직이는 수풀을 응시했다.

"멀리서 보니 쥐새끼들 같군. 시월현, 그놈만 아니면 당장이라도 짓밟아 터트리는데."

남자는 아쉽다는 듯 혓바닥으로 입술을 핥으며 멀리서 은밀히 움직이는 젊은 무인들을 바라봤다.

"무림맹의 위치는 아직도 못 알아낸 거냐?"

"아직 소식이 없습니다."

"언제까지 저놈들의 뒤꽁무니나 쫓으라는 건지……."

철퇴를 어깨너머로 굴리던 남자는 좋은 생각이 났는지 눈을 빛내며 발걸음을 옮겼다.

그러자 흑의를 입은 사내가 남자의 곁으로 바짝 다가섰다.

"충암님… 이제 별동대가 3개조밖에 남지 않았습니다."

다소 급한 듯한 사내의 외침에 충암이라 불린 남자는 흑의인의 머리를 움켜쥐었다.

"끄흐윽!"

사내가 고통에 찬 목소리로 신음을 흘리며 온몸을 비틀자 충암이 싸늘하게 말했다.

"내게 경고하듯 말하지 마라."

"죄… 죄송합…니다!"

"흥!"

사내의 머리를 놓아준 충암의 시선은 멀어져가는 무림맹의 젊은 무인들에게로 향했다.

"집으로 쫓아내려면 겁을 줘야 하지 않겠느냐. 크흐흐……."

* * *

이틀째 쉬지 않고 움직이던 당수아는 계곡물이 흐르는 향해 천천히 걸었다.

그곳엔 곰이 살았던 것 같은 커다랗고 아늑한 동굴이 존재했다.

동굴의 안쪽으로 걸어간 당수아는 동굴의 안쪽에서 무언가를 찾아 두리번거렸지만, 그녀가 원하는 것은 존재하지 않았다.

'없다.'

당수아의 얼굴이 어두워졌다.

그녀가 찾고 있는 것은 일종의 표식이자 암호였는데, 12 개의 별동대는 서로만 소통할 수 있는 암호를 지정된 장소에 표시하는 것으로 소식을 전했다.

그리고 이곳은 4조가 표식을 남기기로 한 장소였으니, 표식이 없다는 것은…….

'4조가 위험에 처해있다는 뜻…….'

"없어?"

등뒤에서 들려오는 사내의 목소리에 당수아가 힘없이 고개를 끄덕였다.

"없어."

"칫…! 11조의 표식은 발견했어."

"정말?"

당수아가 환해진 얼굴로 고개를 돌리자 소식을 전해온 사내가 살짝 붉어진 얼굴로 고개를 끄덕였다.

"응. 이쪽으로 와 봐."

사내, 남궁설의 안내를 받아 그를 따라 움직인 당수아는 두 개의 바위가 나란히 놓여 있는 커다란 나무에게로 다가 갔다.

그곳에는 안력을 돋우지 않으면 볼 수 없을 만큼 희미한 표식이 새겨져 있었다.

이 표식을 손끝으로 더듬으며 살피던 당수아가 밝아진 목소리로 말했다.

"이틀 전에 이곳에 도착했어. 잘 하면 11조와 만날 수 있 겠어."

"그나마 다행이야."

"응. 시간이 없어. 4조가 소식이 없으니 빨리 움 직……."

부스럭—!

어디선가 들려오는 수풀 소리에 당수아와 남궁설이 몸을 바짝 웅크렸다.

그들은 재빨리 각자의 비수와 검에 손을 올리며 경계했다.

별동대의 최우선 수칙은 어느 순간에도 은밀하게 움직여야 한다는 점이었으니 인기척을 드러내며 움직이는 자는 별동대의 무인이 아니었다.

꿀꺽—!

저도 모르게 마른침을 삼키던 남궁설은 검을 반쯤 뽑아 들었다.

"겨우 찾았네."

수풀을 헤집고 검녹빛의 무복을 입은 젊은 사내가 등장하자 당수아와 남궁설의 눈이 절로 커졌다.

그 사내가 입고 있는 옷은 별동대에게만 특별히 지급된 위장무복이었기 때문이었다.

'별동대잖아?'

그가 별동대임을 알아차린 남궁설이 몸을 일으키려 하자 당수아가 재빨리 그의 어깨를 잡아 누르며 검지손가락을 입에 가져다댔다.

'조용히 해.'

'하지만 저건 별동대의 무복……'

'잠시만……'

당수아의 시선은 사내의 주변을 향했다.

별동대는 조장을 제외한 나머지 조원들의 단독행동을 금지했다.

그런데 저 사내의 얼굴은 당수아가 본 적이 없는 얼굴이었다.

비수를 손가락 사이에 끼워넣은 당수아가 자신들을 향해 다가오는 사내를 향해 말했다.

"넌 누구냐."

당수아의 목소리가 산을 곳곳에서 울려퍼졌다.

'이게 당문의 사방성언(四方聲言)인가?'

자신의 소리를 사방에서 울리게끔하는 당문의 무공 중 하나를 직접 목도한 남궁설은 신기하다는 듯한 얼굴로 주변을 둘러보았다.

놀랍게도 바로 옆에 앉아 있는 당수아의 목소리는 사방에서 울려퍼지고 있었다.

더욱 높은 수준의 무공을 지닌 당문의 무인은 사방을 넘어 팔방(八方)에서도 가능하다니 신통한 무공이 아닐 수 없었다.

한편, 사방에서 들려오는 여인의 목소리에 사내가 제자리에 멈춰섰다.

"넌 누군데 별동대의 무복을 입고 있지?"

여인의 물음에 사내가 어깨를 으쓱였다.

"별동대니까."

자신이 별동대라는 사내의 대답에 당수아가 재차 물었다.

"3기 별동대는 11조부터 20조까지의 조가 존재한다. 너는 몇 조냐."

당수아는 귀를 기울이며 사내의 대답을 기다렸다.

사실상 별동대는 1조부터 12조이지만, 사내가 별동대로 위장한 비림의 살수일지도 모르기 때문에 거짓을 섞은 것이다.

'만약 11조와 12조라 대답하면 저놈은 가짜다.'

당수아의 의도를 알아차린 남궁설은 언제든 검을 날릴 준비를 했다.

그런데 사내의 입에선 뜻밖의 대답이 흘러나왔다.

"난… 육조인데."

소맷자락에 쓰여 있던 숫자를 떠올린 사내, 태무선이 육조라고 밝히자 당수아가 몸을 벌떡 일으켰다.

"육…조라고?"

"그래."

태무선이 자신을 육조라 밝히자 당수아가 빠른 속도로 태무선에게로 다가왔다.

"나머지는!?"

"죽었어."

"죽었…다고?"

슬픈 사실이기 그지없지만, 어쩌겠는가. 그것이 사실인걸.

태무선은 고개를 끄덕였다.

예상은 했지만 애써 잊고 있던 6조의 괴멸 소식에 당수아가 몸을 휘청였다.

그러자 그녀의 곁으로 다가온 남궁설이 당수아를 부축하며 태무선을 향해 물었다.

"육조는 어떻게 된 거지?"

"비림의 살수들을 만났고, 전멸했어."

"너는 어떻게… 어떻게 살아남은 거지? 모두가 죽었는데!"

비틀거리던 당수아가 발악하듯 외치며 물어오자 태무선은 할 말이 없었다.

거기까지는 생각하지 않았던 것이다.

태무선이 대답을 하지 않고 침묵을 지키자 당수아가 태무선의 전신을 살폈다.

옷은 성치않고 찢겨져있었지만, 그 사이로는 매끈한 피부가 보였다.

'상처가 없어……?'

태무선의 몸에 상처가 없음을 깨달은 당수아가 재빨리 그에게 다가가 멱살을 움켜쥐었다.

다짜고짜 자신의 멱을 쥐고 흔드는 당수아의 무례함에 화가 난 태무선이었지만, 그녀의 눈에 고인 눈물을 발견하곤 차마 그녀의 손을 뿌리칠 수 없었다.

"너… 너……."

울먹이며 말을 하지 못하던 당수아가 고개를 떨구었다.

그녀의 눈에서 닭똥 같은 눈물이 흘러내렸다.

어느새 태무선과 당수아에게 다가온 남궁설이 당수아를

태무선에게 떨어뜨렸다.

"내가 가장 혐오하는 놈들이… 바로 같은 놈들이야."

태무선에게 떨어진 당수아가 태무선을 노려보다 신형을 돌렸다.

자신에게 왜 저러는 걸까.

황당하긴 했지만, 태무선은 담담하게 흐트러진 옷깃을 정돈했다.

"육조에는 수아의 친오빠가 있었다. 바로… 너희 조장이었지."

그제야 당수아가 눈물을 흘리며 분노한 이유를 깨달은 태무선이 남궁설을 향해 고개를 돌리자 남궁설이 화를 억누른 얼굴로 말했다.

"그리고 너는 육조의 유일한 생존자면서… 상처하나 없이 돌아왔어. 그게 뭘 뜻하는지는 제 아무리 눈치없는 너라도 알고 있겠지."

태무선은 아무 대답도 하지 않았다.

남궁설은 태무선을 노려보다가 멀어지는 당수아의 뒤를 쫓아 움직였다.

"곤란하네."

나름 위장을 한답시고 별동대을 무복을 입은 건데 일이 더욱 꼬여버리고 말았다.

졸지에 자신의 동료들을 버리고 홀로 살아남은 파렴치한이 되어버린 태무선은 뒷머리를 긁적였다.

"괜히 입었나."

태무선은 당수아와 남궁설이 지나간 길을 걸으며 한숨을 내쉬었다.

어쩐지 은섬이 보고 싶어지는 날이었다.

* * *

"이제 어떻게 할까?"

"11조와 만나 정보를 받은 후 4조를 찾아봐야지."

"일단 11조인가."

당수아와 남궁설 그리고 나머지 세 명의 젊은 무인들이 발걸음을 재촉했다.

그들의 뒤를 태무선이 뒤따랐다.

'무림맹으로 가는 게 아니었나.'

무림맹으로 가는 줄 알았던 당수아는 맹으로 향하는 대신 11조라는 또 다른 별동대를 만나기 위해 발걸음을 재촉하는 중이었다.

어찌됐든 무림맹으로 가는 게 목적이었던 태무선은 남궁설을 향해 물었다.

"무림맹으로는 가지 않는 건가?"

태무선의 질문에 남궁설이 얼굴을 굳힌채 대답했다.

"11조와 4조를 만나 정보를 얻어야지만 맹으로 복귀할 수 있어."

"그런가."

남궁설과 태무선의 대화를 듣고 있던 당수아가 가시 돋힌 목소리로 말했다.

"돌아가고 싶으면 당장 돌아가. 설마 맹으로 돌아가는 길을 모르는 건 아닐 테고."

목소리에서 가시가 느껴진다는 것을 지금에서야 깨달은 태무선은 당당히 고개를 끄덕였다.

"몰라."

"뭐…? 하…….."

당수아는 황당하다는 얼굴로 태무선을 바라보다가 고개를 절레절레 저었다.

"하긴 너 같은 놈은 차라리 모르는 편이 좋겠지. 비림의 살수에게 잡혔다가는 곧바로 맹의 위치를 불어버릴 테니까."

처음 만난 이후로 당수아는 계속해서 날이 서 있었다.

남궁설은 당수아와 태무선의 사이에서 곤혹스러운 얼굴을 하고 있었다.

"일단 11조를 만나는 게 우선이니까 움직이자."

남궁설은 당수아를 위로하며 11조와 조우하기로 한 장소를 향해 착실히 나아가면서도 태무선을 향한 경고를 잊지 않았다.

"수아의 신경을 건드리지 마. 맹으로 돌아가고 싶다면."

"그러지."

맹으로 가기 위해서라면 말을 안 하는 것쯤이야 태무선에겐 쉬운 일이었다.

태무선은 그 이후로 말없이 당수아와 남궁설의 뒤를 쫓아 움직였다.

약 반나절동안 숲길을 따라 움직이던 당수아는 나뭇가지와 나뭇잎으로 덮여 있는 자그마한 입구를 향해 다가갔다.

"이곳이야. 들어 와."

당수아가 제일 먼저 기어들어가자 그 뒤로 남궁설과 태무선, 나머지 젊은 무인들이 나뭇가지로 만들어진 입구를 기어들어갔다.

그들이 나무 입구를 통해 들어간 곳에는 버려진 듯한 초라한 오두막이 있었다.

당수아를 발견한 짧은 머리의 사내가 오두막 깊은 곳에서 모습을 드러냈다.

"당수아냐."

"길음현."

"보아하니… 숫자가 조금 줄어든 모양이야."

동료를 잃은 얘기를 아무렇지 않게 꺼내는 길음현이란 사내를 향해 당수아가 뾰족한 시선을 보냈다. 하지만 길음현은 어깨를 으쓱이며 자신의 조원들을 보여주었다.

길음현이라는 사내를 조장으로 둔 11조는 단 한 명의 사상자도 존재하지 않는 듯 일곱 명의 조원들이 온전히 모습을 드러냈다.

"고작 나머지 별동대로부터 정보를 모으는 역할을 맡은 네가 사상자를 냈다니 믿기지 않네."

"신경 거슬리게 하지 마."

"사실을 말했을 뿐이야. 이렇게 무능한 네게 정보를 넘겨주는 게 맞는 건지 모르겠네."

"길음현!"

남궁설이 앞으로 나서며 소리치자 길음현이 남궁설을 바라보며 조소를 흘렸다.

"아아… 당수아의 뒤를 쫓아다니는 개가 한 마리 있다던데 네가 그 멍멍이구나. 당수아는 좋겠네, 충직한 남궁세가의 강아지가 네 뒤를 봐주고 있으니."

"닥치고 정보나 넘겨!"

참다못한 당수아가 목소리를 높이자 길음현이 웃으며 품속에서 양피지 뭉치를 꺼내어 그녀에게 던져주었다.

"자."

별동대의 활동기간 중 11조가 모아온 중원의 정보들이 담겨있는 양피지를 손에 쥔 당수아는 이를 품속에 집어넣으며 말했다.

"4조는 어떻게 됐는지 알아?"

"4조라… 4조는 유일하게 비림의 살수들과 대적이 허가된 별동대잖아."

"그래 맞아. 그런데… 소식이 끊겼어."

"흠. 뭐 비림의 살수들과 싸우다가 전멸했나보지."

같은 별동대의 전멸소식을 아무렇지 않게 내뱉은 길음현을 보며 당수아는 눈을 흘겼지만, 그녀가 할 수 있는 것은 아무것도 없었다.

용건을 마친 당수아가 신형을 돌리자 길음현이 비릿하게 웃으며 말했다.

"육 조 얘기는 안하는 걸보니 당호, 그 자식이 죽은 모양이야?"

당호의 이야기가 길음현의 키득거림에 섞여 흘러나오자 참다못한 당수아가 길음현에게 달려가 그의 멱살을 움켜쥐었다.

"뒤지고 싶어?"

"뭐야…? 정말이야?"

길음현이 몰랐다는 듯 두 손을 들어올렸다.

"한번만 더 오라버니에 대해 멋대로 지껄이면… 그땐 정말로 네 주둥이를 찢어버릴 거야."

살벌하기 그지없는 당수아의 얘기에 길음현이 고개를 주억거렸다.

"아무렴."

"칫!"

"그나저나 저 녀석은 누구냐. 너희 조에서 못 본 녀석인 것 같은데."

길음현이 태무선을 손가락으로 가리키며 묻자 당수아의

140

얼굴이 삽시간에 어두워졌다.

이를 발견한 길음현은 자신의 멱살을 잡은 당수아의 손길을 뿌리치고는 태무선을 향해 천천히 걸었다.

"이상하네, 10조부터 12조 사이에는 너 같은 얼굴이 없었는데."

"이 녀석은 육조……."

"남궁설!"

당수아의 외침에 자신의 실수를 깨달은 남궁설이 급히 입을 다물었다. 하지만 이미 원하는 것은 모두 전해들은 길음현이 재미있다는 듯한 얼굴로 태무선에게 다가섰다.

"이야 네가 육조라고?"

"그래."

태무선은 담담하게 고개를 끄덕였고, 길음현은 태무선의 주변을 훑어보며 물었다.

"나머지는? 설마 다 뒤지고 너 혼자 살아남은 건가."

"그래."

"야—! 대단한 녀석이었잖아? 육조는 어쩌다 전멸한 거야? 역시 비림의 살수들에게 죽은 건가?"

"아마도."

"보기보다 독한 녀석이네. 같은 조원들이 비림의 살수들에게 살해당했어도 눈 하나 깜박이지 않다니 말이야. 하긴 이정도로 독해야지 조원들을 버리고 살아남지."

길음현은 태무선의 바로 앞까지 다가와 그의 찢어진 무

복사이로 손가락을 집어넣으며 조용히 속삭였다.

"이봐, 당호는 어떻게 죽었어?"

"……."

태무선이 아무 말도 하지 않자 길음현이 태무선의 어깨를 두드려주었다.

"그래! 한놈이라도 살아남았으면 됐지! 암… 전부 뒈지는 것보다는 그게 나아. 잘했어! 아주 잘했어."

잘했다고 칭찬하며 자신의 어깨를 두드리는 길음현을 보며 태무선은 심각한 고민에 빠졌다.

이대로 길음현의 두 팔을 부러뜨린 후 그에게 맹의 위치를 물어볼까?

아니면 길음현을 죽여버린 후 겁에 질린 남궁설이나 당수아에게 물어볼까?

마음 같아서는 후자 쪽에 마음이 동했으나, 아무리 생각해도 당수아나 남궁설은 협박을 당한다고 해서 맹의 위치를 불 것 같진 않았다.

'역시 부러뜨리는 쪽이 낫겠어.'

길음현의 팔을 부러뜨리기로 마음먹은 태무선이 손을 들어올렸다.

바로 그때였다.

꽝—!!

거대한 폭음성과 함께 엉성하게 지어놓은 입구가 한 방

에 날아갔다.

놀란 젊은 무인들이 뒤로 물러서며 오두막 쪽으로 모여
들었다.

당수아와 남궁설 그리고 길음현의 시선이 폭음성이 들려
온 곳으로 향했다.

그곳에서는 철퇴를 어깨에 짊어진 남자가 먼지구름 사이
로 나타나 이를 드러내며 웃었다.

"이 쥐새끼들이 여기 모여 있었구나!"

"사악교……!"

남궁설과 당수아는 남자의 가슴에 새겨진 사악교의 표식
을 발견했다.

"제길! 미행당한 거냐!?"

길음현의 외침에 당수아는 아무 말도 하지 않았다.

미행을 당하고 있을 거라고는 생각도 못했기 때문이었
다.

당수아가 비수를 꺼내고 남궁설이 검을 뽑아들었다.

하지만 철퇴를 쥐고 나타난 남자의 뒤로 수십 명의 흑의
인이 모습을 드러내자 당수아와 남궁설의 얼굴에는 절망
이 드리워졌다.

"하하하! 무림맹의 희망이자 미래라 할 수 있는 젊은이
들의 얼굴이 그렇게 어두워서야 쓰겠느냐. 하하하 나는 사
악교의 다섯 상천 중 한 명인 충암이다."

"오상천……!"

사악교의 오상천 중 한 명의 등장에 길음현의 얼굴도 거 뭇해졌다.

일반 무인들이라고 해도 수적으로 열세인 상황에서 사악교의 다섯 상천 중 한 명이 나타났으니 이제 희망이란 존재하지 않았다.

"젠장할! 이 망할 새끼들 때문에…!…"

길음현은 이를 딱딱 부딪치며 뒤로 물러섰다.

유일하게 충암과 마주한 것은 태무선과 당수아 그리고 남궁설과 12조의 무인들뿐이었다.

"흐흐흐… 두려우냐."

충암의 물음에 당수아가 입술을 잘근 씹으며 공포를 떨쳐내려 애썼다.

"너희 같은 사악한 악인들에게 두려움을 느낄 것 같으냐!"

당수아가 당찬 목소리로 소리치자 충암이 껄껄 웃으며 자신의 철퇴를 바닥에 내려놓았다.

쿵― 소리와 함께 지진이 난 듯 땅이 울렸다.

"용기가 가상하구나. 하지만 나는 보기와는 다르게 아주 자애로운 사람이란다. 너희들 중 한 명이 대표로 나서서 나와 싸워 이긴다면 너희 모두를 돌려보내주마. 아! 물론 패배해도 살려보내 주지!"

파격적인 제안이었다.

승패와는 상관없이 한 명을 대표로 세우기만해도 모두가 살 수 있는 상황.

남궁설이 믿기지 않는다는 듯 소리쳤다.

"그 말을 어떻게 믿지?"

"하하. 이 충암의 이름을 걸고 맹세하지."

충암이 자신의 가슴을 두드리며 제 이름을 걸고 맹세하자 별동대 무인들의 시선이 서로를 향했다.

상식적으로 이곳에서 사악교의 오상천 중 한 명인 충암을 이길 수 있는 실력자가 존재할 리 없었다.

그 말인 즉슨, 그들이 필요한 것은 충암의 제물이 되어 희생할 한 명의 무인이었다.

"저, 저놈을 보내! 자신의 조를 버리고 혼자 살아남은 저 녀석을 말이야!"

그때 길음현이 태무선을 가리키며 소리쳤다.

"어차피 죽을 녀석이었어. 이렇게라도 희생하면 모두가 살아남을 수 있다고!"

길음현의 말은 그럴싸했고, 모두의 시선이 태무선을 향했다.

물론, 태무선은 차라리 잘됐다 여겼다.

'저놈부터 처리하고 저 녀석의 팔을 부러뜨려야지.'

길음현의 팔을 부러뜨리는 것을 잊지 않은 태무선이 충암을 향해 신형을 돌리자 당수아가 앞으로 나섰다.

"내가… 내가 대표로 나설게."

"수아!"

남궁설이 당수아를 막아섰다.

"지금은… 지금만큼은 길음현의 말을 들어. 저 녀석은 당형의……."

"비켜, 남궁설."

"못 비켜!"

"나는 12조 조장이야! 조원을 지켜야 할 의무가 있다고."

당수아는 손을 뻗어 남궁설의 어깨를 잡아 밀쳤다.

그녀의 손끝에서 떨림을 느낀 남궁설은 당수아의 손목을 잡아채고 말했다.

"내가 대표로 나설게."

마음을 굳힌 남궁설이 자신이 나가겠다고 말하자 당수아가 옅은 미소를 지었다.

그 미소는 처연하고 슬펐으며, 애절했다.

"그 몸으로?"

"난 괜……."

남궁설은 어느 순간부터 자신의 몸이 움직이지 않음을 깨달았다.

'마비독!?'

자신이 어느새 마비 독에 중독되었음을 깨달은 남궁설이 당수아를 향해 소리치려 했으나, 그의 혀까지 퍼져버린 마비 독은 남궁설의 목소리마저 앗아갔다.

"오래 가진 않을 거야."

남궁설을 뒤로한 채 앞으로 걸어나온 당수아는 태무선에게 길음현이 준 11조의 정보를 건네주었다.

"이거… 꼭 맹에 전달하도록 해."

얼떨결에 양피지를 받아든 태무선은 당수아의 눈빛이 흔들리고 있음을 보았다.

공포와 망설임이 그녀의 마음을 잠식하고 있었으나, 당수아는 마음을 다잡은 채 충암과 마주섰다.

그녀가 태무선 대신 대표로 나선 것은 태무선이 좋아서가 아니었다.

'오빠도 그랬을 테니까.'

자신의 오라버니인 당호도 자신과 같은 상황에서는 이처럼 행동했을 테니까.

대표로 나서는 당수아를 보며 충암은 장난처럼 자신의 손가락으로 눈두덩이를 훔치며 말했다.

"그래, 정말 눈물겨운 동료애가 아닐 수 없군."

"사천당문의 당수아. 당신과 싸울 사천당문의 무인이오."

"하핫! 사천당문이라. 좋다!"

쿠우웅―!

충암이 철퇴를 들어올리며 경쾌하게 웃었다.

"시작하자!"

"흐읍!"

시작과 동시에 당수아가 비수를 던졌다.

그녀의 손에서 뻗어나간 비수는 사방에서 충암을 덮쳐와

그의 몸에 꽂혀들어갔다.

'먹혔다!'

당수아는 자신의 비수가 충암에게 꽂히는 것을 보며 희망을 가졌다.

그녀의 비수에는 사천당문의 비전독이 발려 있었다.

커다란 들소도 핥는 것으로 절명한다는 극독이었으니, 충암이 제아무리 오상천 중 한 명이라 하더라도 독에게선 자유로울 수 없으리라.

'빠르게 움직여야 해. 분명 움직임은 내가 더 빠를 거야!'

상대는 힘을 위주로 한 무공을 배웠으리라 생각한 당수아는 빠르게 몸을 움직이며 비수를 던졌다.

그녀의 비수는 충암의 발등과 무릎, 어깨와 옆구리 등을 파고들어갔다.

그때까지도 가만히 서서 당수아의 비수를 맞고 있던 충암이 이를 드러냈다.

"이게 뭔지 아냐?"

"히익!"

싸움에 집중하고 있던 길음현은 어느새 자신의 옆에 나타난 태무선을 보며 기겁했다.

"뭐, 뭐야!?"

"이거 뭔지 아냐고."

태무선이 내민 것은 금 목걸이였는데, 이 안쪽에는 당(唐)이라는 글자가 적혀 있었다.

"이건 사천당문의 표식이잖아. 당호의 물건이냐?"

"당호라면… 당수아와 관련 있는 건가?"

"당연하지. 당호는 당수아의 오빠니까."

"흐음……."

이제야 금목걸이의 주인을 알아낸 태무선은 이를 손에 쥐고 충암을 향해 비수를 던져대는 당수아에게 신형을 돌렸다.

그가 당수아를 바라보고 있을 무렵 충암은 철퇴를 높이 치켜들고 있었다.

"분명 너는 그리 생각하고 있겠지."

'듣지 마. 분명 나를 교란하려는 짓일 거야!'

당수아는 충암의 목소리를 애써 무시하며 비수를 손에 쥐었다.

그와 동시에 충암이 철퇴를 양손으로 고쳐잡고 말했다.

"저 덩치보다 내가 더 빠를 거라고."

슥—!

충암의 신형이 순식간에 자취를 감췄다.

놀란 당수아가 충암을 찾고 있을 때 그의 목소리가 당수아의 등뒤에서 들려왔다.

"하지만 어쩌지. 내가 더 빠른데."

뒤늦게 고개를 돌린 당수아는 자신의 눈앞까지 다가온 충암의 철퇴를 보며 두 눈을 감았다.

'미안…….'

죽음은 두려웠지만, 자신의 죽음으로 나머지는 살릴 수 있으리라.

기꺼이 죽음을 기다리던 당수아는 귓속을 파고드는 한 사내의 목소리에 눈을 떴다.

"이거 받아라."

눈을 뜬 당수아는 어느새 자신의 앞에 나타난 태무선을 보며 어안이 벙벙한 얼굴을 했다.

어찌된 일인지 충암은 저 멀리 떨어져 있었다.

'아니야, 내가 멀어진 거야. 하지만 어떻게?'

아직 상황을 파악하지 못하는 당수아에게 태무선은 재차 금목걸이를 내밀었다.

이를 발견한 당수아의 눈이 더할 나위 없이 커졌다.

"이건… 오라버니의…….."

"혹시나 몰라 챙겨뒀는데 네 물건인줄은 몰랐네."

떨리는 손길로 목걸이를 챙긴 당수아는 태무선의 뒤에 나타난 충암을 보며 소리쳤다.

"뒤에!"

"늦었다!"

충암의 철퇴가 태무선의 정수리를 향해 내리꽂혔다.

꽝—!

묵직한 쇳소리와 함께 충암의 철퇴가 산산조각 나며 사방으로 흩어졌다.

'이게… 무슨 일이냐…….'

자신의 철퇴가 산산조각 나는 것을 목격한 충암이 뒷걸음질을 치기 시작했다.

주먹을 들어 충암의 철퇴를 박살낸 태무선이 충암과 마주 서며 말했다.

"약속은 없던 걸로 하지."

"네, 네놈은 누구냐! 힘을 숨기고 있었나?"

"숨긴 적도 숨기려 했던 적도 없어."

손에 묻은 철퇴의 쇳가루를 털어내던 태무선은 충암과 그의 부하들을 쭈욱 둘러보며 무미건조하게 말했다.

"네가 오상천 중 한 명이라고?"

"그래… 대 사악교의 오상천 중 한 명인 충암이다."

충암은 사악교라는 이름에 힘을 주어 말했지만 여전히 태무선은 무심했다.

"그럼 시월현과 비슷한 급인가?"

"시월현? 네놈이 어떻게 그 녀석을 알고 있는 거지?"

"너희들을 쳐 죽이다보면 교주도 튀어나오겠지."

이해할 수 없는 말을 중얼거리던 태무선이 몸을 튕겼다.

그의 신형이 순식간의 충암의 위를 점하고 나타났다.

'빠르다!'

자신이 눈으로 쫓을 수 없을 만큼 빠른 경신술.

태무선과 자신의 수준이 하늘과 땅 차이임을 깨달은 충암이 양손을 들어올렸고, 그를 향해 태무선의 천뢰각이 내리꽂혔다.

콰드득—!!

충암의 양손이 태무선의 발모양으로 꺾이고 휘었다.

그와 함께 태무선의 발꿈치는 충암의 어깨를 찍어 짓누르며 그의 가슴까지 찍어내려갔다.

"커—헉!"

단말마의 신음성과 함께 충암의 몸이 무너져내렸다.

단 한 번.

단 한 번의 발길질로 사악교의 오상천 중 한 명인 충암이 목숨을 잃었다.

그의 부하들은 감히 태무선에게 대적할 엄두도 내지 못한채 사방으로 도주했고, 태무선은 흩어지는 흑의인들을 보며 인상을 썼다.

"어후. 귀찮아."

슥—!

"뭐… 뭐야."

아직도 어떻게 돌아가는 상황인지 인지하지 못한 당수아의 주변에서 뼈가 부러지는 소리와 짧은 비명소리가 동시에 들려왔다.

그 소리는 팔방에서 들려왔고 계속해서 이어졌다.

그러기를 일 식경.

죽어 있는 충암의 앞으로 태무선이 나타났다. 그의 무복은 진한 핏자국으로 물들어 있었다.

"도망 하나는 기가 막힌단 말이야."

결국 두 명의 흑의인을 놓치고만 태무선은 피로 물들어 있는 무복을 벗어던졌다.

검녹빛의 무복이 벗어지자 태무선은 원래의 흑의로 돌아왔다.

싸움을 마친 태무선이 당수아를 향해 다가서자 그녀는 공포에 젖은 얼굴로 간신히 입을 열었다.

"누, 누구십니까… 당신은……."

"지금은 몰라도 돼."

괜히 마교를 언급했다가는 맹으로 갈 수 없을 거라 생각한 태무선이 자신이 마교의 교주임을 숨겼다. 당수아가 그에게로 천천히 다가와 원망스러운 얼굴로 물었다.

"그렇게… 그렇게 강한 힘이 있으면서… 왜 오라버니는……."

"늦었어. 내가 도착했을 땐 이미 전부 죽은 후였거든."

당수아는 태무선의 앞에 주저앉아 눈물을 흘렸다.

태무선은 그런 당수아의 머리에 가볍게 손을 올리며 말했다.

"마음껏 울어. 방해할 사람은 아무도 없으니까."

주변에 사악교의 무인이나 비림의 살수들이 없을 거라는 태무선의 얘기에 당수아는 처음으로 목 놓아 오열했다.

마구 떨리는 그녀의 손에는 당호의 목걸이가 들려 있었다.

빚 갚으러 왔다

"……."

"……."

"……."

길음현과 당수아 그리고 남궁설에게서 어색한 침묵이 감돌았다.

그도 그럴 것이 지금 그들의 앞에는 사악교의 오상천을 단 한수에 죽여버린 정체불명의 고수가 서 있었다.

그들은 태무선의 정체를 모른 채 험한 소리를 늘어놓은 게 내심 마음에 걸렸다.

'이제 어쩌지?'

남궁설이 조용히 물어오자 당수아가 고개를 가로저었다.

'나도 몰라.'

어쩔 줄 몰라하는 남궁설과 당수아와는 달리 지은 죄가 상당했던 길음현은 차마 태무선과 눈조차 마주치지 못하고 있었다.

"뭔가 잊은 것 같은데."

태무선이 고개를 갸웃거리다가 길음현을 바라봤다.

그는 몸을 움찔거리며 애써 태무선의 시선을 피했다.

"아. 저놈의 팔을 부러뜨리려고 했는데."

"내… 아니 제, 제 팔을 말입니까."

"그래."

팔을 부러뜨리겠다는 말을 아무렇지도 않게 내뱉는 태무선을 향해 길음현이 급히 고개를 숙였다.

"죄, 죄송합니다. 제가 대협을 알아보지 못했습니다."

"그건 됐고, 무림맹은 어디 있어?"

태무선의 물음에 길음현이 품속에서 지도를 꺼냈다.

그 지도는 조장들에게만 지급된 비밀지도로써 암호화 된 지도였다.

"이 지도를 통하면 맹으로 돌아갈 수 있습니다."

"그럼 가자."

맹으로 돌아가자는 태무선의 말에 길음현이 고개를 끄덕이며 앞장을 서려하자 당수아가 태무선의 앞을 가로막으며 고개를 숙였다.

"대협께 감히 부탁을 드려도 되겠습니까!"

당찬 당수아의 외침에 태무선이 손을 저었다.

"아니."

"하, 한번만 들어주실 순 없으십니까!?"

"아니."

태무선은 가차 없었고, 당수아는 물러서지 않았다.

"아직 4조의 정보를 얻지 못했습니다."

"4조는 어디 있는데?"

"그걸… 모르겠습니다. 약속된 장소에 표식을 남기기로 했는데… 아무래도 쫓기고 있는 모양입니다."

"그럼 이미 늦었어."

"4조는 유일하게 저희 별동대 중에서도 비림의 살수와 대적이 허가된 유일한 별동대입니다. 그만큼 실력자들로만 구성되었으니, 어쩌면 아직 살아 있을지도 모릅니다."

기껏 귀찮음을 무릅 쓰고 충암과 그의 부하들을 죽여주었더니 이번엔 4조를 살려달라는 당수아를 향해 태무선이 불만스러운 표정을 지었다.

그때 태무선의 눈치를 보고 있던 길음현이 당수아를 향해 말했다.

"이분은 우리의 목숨을 구원해주신 은인이다! 이제 와서 4조를 구해달라니… 대협의 말처럼 이미 늦었을지도 몰라. 괜히 그들을 구하려다가 우리가 위험해질 수도 있어!"

"그럴지도 모릅니다! 하지만… 제가 알고 있는 제갈원준이라면…….."

"뭐라고……?"

태무선이 당수아의 말허리를 자르며 물어오자 그녀가 태무선의 눈치를 보며 물었다.

"뭐가 말씀이십니까?"

"4조에 누가 있다고?"

"제가 알기로는 제갈원준이 조장으로 있으며, 그 아래로 오유하와 노진, 장용성과 능소유라는 무인이 있는 걸로……."

"하아."

태무선은 이마를 손으로 짚으며 탄식했다.

하필이면 가장 신경 쓰이는 녀석들이 4조에 몰려 있었다.

"절대 누구에게도 빚지는 짓은 하지 말거라!"

"왜입니까?"

"빚지고 살면 기분 나쁘잖아."

지강천의 가르침이었다.

빚지고 살지 마라. 기분이 나쁘니까.

참 단순한 이유였으나, 지강천의 가르침을 십이 년간 배워온 태무선은 어느새 지강천과 가장 닮아 있는 사내가 되었다.

"빚지고 살 순 없지."

태무선은 머리를 재차 긁적이며 당수아를 향해 말했다.

"그래서… 4조는 어디 있어?"

* * *

"제길! 내가 정해진 길로만 걸으랬잖아!"

"몰랐지!"

"우리 다 죽으면 네 탓이야!"

제갈원준의 질책에 능소유가 울상을 지으며 두 다리를
빠르게 놀렸다.

"떠들 시간 있으면 조금이라도 더 빨리 달려."

오유하의 외침성과 함께 다섯 명의 신형이 빠른 속도로
숲속을 헤치며 나타났다.

다섯 명의 무인들이 지나간 자리엔 열 개의 흑의가 모습
을 드러냈다.

그들은 앞서 지나간 무인들의 흔적을 따라 몸을 날렸고,
소리 소문 없이 움직이는 흑의의 숫자들은 시간이 갈수록
많아졌다.

별동대 4조의 조장인 제갈원준은 시선을 빠르게 옮겨가
며 생각에 잠겼다.

'이대로 가다간 비림의 살수들에게 잡히는 것은 시간문

제야.'

별동대 4조에서 무공실력이 떨어지는자는 능소유를 제외하곤 없었다.

맞서 싸운다면 비림의 추격조를 쓰러뜨리는 것은 가능할 테지만, 문제는 저들이 말 그대로 추격조라는것이었다.

'추격조에게 시간을 끌렸다가는 백귀를 만날지도 모르지……'

제갈원준이 가장 걱정하는 것은 비림의 추격조의 추격이나 본대가 아니었다.

단 한명의 존재. 백귀(百鬼).

하얀 가면과 백발의 긴 머리카락을 휘날리며 나타나는 백귀는 하얀 사신이라고도 불리우는 비림의 살수들 중에서도 가장 위험한 존재였다.

"산길은 오히려 우리에게 불리해."

지금껏 산길을 따라 움직인 것은 사악교와의 충돌을 피하기 위함이면서 동시에 진법을 이용해 비림의 추격을 교란시키기 위함이었다.

어쨌거나 제갈원준이 맡은 4조의 역할은 정보 수집외에도 나머지 별동대를 위협하는 비림의 살수들의 시선을 끄는것이었기 때문이었다.

하지만 지금은 산길이 도리어 제갈원준을 위협했다.

"따라와!"

제갈원준이 신형을 돌려 산길을 따라 내려가자 나머지도

제갈원준을 따라 움직였다.

그의 시선은 눈앞에 보이는 커다란 도시에 고정되었다.

'언젠가 이런 상황이 닥쳐올거라고 예상은 했었다.'

예상은 했다. 이제는 자신의 계획이 성공하기를 바랄때
였다.

"지금부터는 젖먹던 힘까지 달려!"

제갈원준이 온 몸의 내공을 끌어올려 발 끝에 집중시켰
다.

쿵―!

제갈원준의 신형이 엄청난 속도로 튀어나가자 그의 뒤를
노진, 장용성, 오유하 마지막으로 능소유가 뒤따랐다.

능소유는 앞서가는 4명의 동료들의 뒤를 따라가기 위해
이를 악 물어야 했다.

한편, 별동대 4조를 뒤쫓던 비림의 살수들은 도시 쪽으
로 방향을 트는 것을 보며 제자리에 멈춰 섰다.

"목표가 도시쪽으로 방향을 틀었다."

"놓치지 말고 뒤쫓도록."

비림의 살수들은 도시를 향해 달려가는 별동대 4조와 거
리를 유지한채 몸을 날렸다.

비림의 추격조가 제갈원준의 뒤를 쫓고 있을 무렵, 그들
의 뒤편에서 편히 앉아 나무뿌리를 씹고 있던 노인은 새롭
게 전해진 소식을 접하고는 흥미로운 표정을 지었다.

"충암이 죽었다고?"

이가 몇 개 남지 않은 노인이 바람 빠지는 소리를 내며 클클 거리며 웃었다.

"그것도 단 한수에 죽었단 말이지… 재미있군."

충암은 사악교의 오상천 중 한 명.

시월현과 마찬가지로 자신과 대등하게 맞설 수 있는 몇 안 되는 무인 중 한 명이었건만, 그런 충암이 단 한수에 목숨을 잃었다.

"게다가 산개하여 도망치는 본교의 무인들을 차례대로 죽였다지."

전해 들었음에도 감히 믿을 수 없는 정보였다.

노인은 혀를 달짝이며 얼마 남지 않은 자신의 이를 핥았다.

"클클… 한번 만나보고 싶구만. 그나저나 그놈들은 어찌 되었느냐."

"방향을 틀어 난항이라는 도시로 들어갔다고 합니다."

"제 발로 자신들을 고립시키는군. 진법을 자유자재로 다루는 제갈세가 놈이라고 하여 기대했건만, 여기까지인가?"

노인은 몸을 일으키며 검갈색의 커다란 보따리를 등에 짊어졌다.

불길한 색을 띤 커다란 보따리에서는 시커먼 연기가 흘러나오는 듯 했다.

"자… 쥐새끼 사냥에 나서볼까."

＊　＊　＊

"이쪽으로!"

난항에 들어선 제갈원준이 사람들을 헤집고 가장 먼저 찾은 곳은 바로 관아(官衙)였다.

난황과 같은 큰 도시에는 어김없이 존재하는 기관이 바로 관아였는데, 제갈원준을 따르는 오유하와 장용성 등은 제갈원준이 왜 관의 업무를 도맡아보는 관아를 향해 달려가는지 이해할 수 없었으나 다른 방법이 없었기에 제갈원준의 뒤를 바짝 따라붙었다.

"뭐야?"

한편 관아의 입구를 지키고 서 있던 문지기들은 자신들을 향해 매서운 기세로 다가오는 제갈원준에게 두 손을 내밀었다.

"잠시 멈추시오. 이곳은 관아이니 용건을 먼저 밝히시오!"

문지기의 외침에 제갈원준은 품속에서 제갈세가를 나타내는 명패를 꺼내며 소리쳤다.

"저는 제갈세가의 무인입니다. 난항 관아의 책임자를 만나고 싶습니다!"

제갈세가를 뜻하는 금패의 등장에 문지기는 금패의 진위를 살펴본 후 잠시 기다리라는 말을 남긴 채 관청으로 들어갔다.

이윽고, 관청의 나무문이 삐걱 소리를 내며 열렸다.

그 안에서는 약 오십대로 추정되는 중년인이 관복을 차려입은 채 나타났다.

"제갈세가라 하셨소? 난항의 현령직을 지고 있는 우사요. 일단 안으로 들어오시오."

난항 관아의 현령, 우사가 제갈원준과 나머지를 관아의 안쪽으로 안내했다.

얼떨결에 관아로 들어선 오유하, 노진, 장용성과 능소유는 눈이 동그랗게 뜬 채로 관아를 두리번거리며 들어섰다.

제갈원준과 나머지 일행이 관아로 들어가고 얼마 지나지 않아 난항 곳곳에선 십여 개의 그림자가 꿈틀거리며 인간의 형태를 만들어냈다.

"무림맹의 별동대가 관아로 들어갔다."

"더 이상의 추격이 불가."

"돌아간다."

비림의 살수들은 관아로 들어간 무림맹의 별동대를 더 이상 쫓을 수 없었다.

관아와 무림은 서로에게 간섭할 수 없는 존재였기에, 제아무리 비림의 살수들이라고 하더라도 관아의 내부까지는 침투할 수 없었다.

십여 개의 흑의는 감시를 위한 다섯 명의 흑영을 두곤 돌아섰다.

"제갈세가의 자제께서 이곳은 어인일로 오신 겐가?"

"다름이 아니라… 잠시 몸을 의탁할 곳이 필요하여 들어오게 되었습니다."

관아의 하인들이 내어온 차를 벌컥 들이킨 제갈원준의 설명에 우사의 얼굴이 살짝 어두워졌다.

"무림의 일이로구려."

무림과 관은 서로 간섭할 수 없다는 것을 잘 알고 있는 우사의 얼굴이 걱정과 근심이 드리워지자 제갈원준이 찻잔을 소리 없이 내려놓으며 입을 열었다.

"현령께서는 걱정하지 않으셔도 됩니다. 그저 며칠간 지낼 곳을 제공해 주시면 제갈세가에서 후하게 보답해 드릴 겁니다."

"보답을 바라는 것은 아니라… 단지 무림의 일로 난항에 무슨 일이 생길까 염려되는 것일세."

"오래 걸리지 않을 겁니다. 관아에는 매주 두 번씩 조세를 내기 위한 수레가 들어오지 않습니까?"

"그렇네."

"수레를 한 대 빌려주시면, 빠른 시일 내로 난항을 빠져나가도록 하겠습니다."

조세를 바치기 위해 농민들이 쌀과 농작물을 실은 수레가 관아로 들어왔다 나가기를 반복한다. 이는 주에 두 번 정도 이루어지며, 이 수레를 빌려달라는 의미는 간단하고 명확했다.

"혹 쫓기고 있는 것인가?"

우사의 물음에 제갈원준은 지체 없이 고개를 끄덕였다.

"무림의 일이라 자세히 설명드릴 순 없으나, 저희는 사악교라는 모종의 조직에게 쫓기고 있습니다. 목숨이 경각에 달린 일이고, 무림의 평화를 위한 일이니… 부디 현령께서 도움을 주셨으면 합니다."

무림의 일에는 절대 발끝조차 담그지 말라했던 선배 현령의 조언이 있었기에 우사는 고민에 빠졌다.

하지만 그렇다고 황실과 깊숙이 연이 닿아 있는 제갈세가의 부탁을 거절하기도 어려운 상황.

잠시 고민을 하던 우사는 고개를 끄덕였다.

"이틀 후에 수레 다섯 대가 관아로 들어올 걸세. 그 중 하나를 사용하게."

"감사합니다."

그 뒤로 우사는 별채에 제갈원준과 나머지 일행이 쉴 수 있는 공간을 내어주었다.

원래는 사내와 여인이 따로 쓸 수 있도록 각방을 내어주려 했으나, 이를 제갈원준이 거절했다.

"호의는 감사하지만, 상대는 가을날의 바람처럼 은밀한 존재들입니다. 관아라 하여 안전한 것은 아니니 저희는 한 방을 쓰도록 하겠습니다."

"그렇다면 그리하게."

제갈원준은 모두가 한 자리에 모여 앉을 수 있도록 별채

중에서도 적당한 크기를 가진 방안에 모두를 밀어 넣었다.

침대는 하나가 있었으나 일행들은 벽에 등을 대고 검은 언제든 출검할 수 있도록 왼손에 쥐었다.

우사의 도움으로 간단히 저녁식사를 마친 일행은 여전히 벽에 등을 기대고 방에 하나밖에 존재하지 않는 미닫이문과 창문을 응시했다.

"미안합니다……."

어둠이 짙게 깔린 늦은 밤. 이 모든 게 자신의 잘못인 것 같았던 능소유가 울상 진 얼굴로 조용히 읊조렸다.

그러자 오유하가 손을 뻗어 능소유의 머리를 가볍게 쓰다듬어주었다.

"너무 자책하지 마. 제갈원준이 진을 너무 대충 짜놓아서 그래."

"뭐? 내 환양진은 완벽했어. 저 부주의한 녀석이 멋대로 돌아다녀서 그렇지."

"쟤 원래 자기 실수는 잘 인정 안 하잖아."

계속되는 오유하의 질책에 제갈원준이 인상을 찡그리며 씩씩대자 장용성이 오유하의 말을 거들었다.

"언젠간 일어날 일이었어. 그게 지금일 뿐인 거고. 저 녀석이 원체 대충 진을 만드니."

"저번엔 자기가 만든 환양진이 안 먹히자 의도했던 거라고 했었지."

마지막으로 노진까지 거들며 제갈원준의 환양진을 놀려

166

대자 제갈원준은 씩씩거리며 화를 냈고, 능소유는 옅은 미소를 지으며 고개를 떨구었다.

그녀가 본 제갈원진의 진법은 완벽에 가까울 정도로 대단했다. 그럼에도 오유하와 장용성 그리고 노진이 제갈원준의 환양진을 욕하는 이유는 뻔했다.

'고마워 다들⋯⋯.'

실수한 자신을 감싸주기 위함이리라.

별다른 실력도 없는 자신이 지금까지 살아 있을 수 있던 것도 모두 나머지 조원들 덕분이었다.

게다가 조장인 제갈원준은 일행 중에서 가장 강한 무공을 갖고 있기에 가장 많은 싸움과 부상을 입었다.

그럼에도 제갈원준은 조원들의 사기를 떨어뜨리지 않으려 매번 웃음을 잃지 않았다.

능소유는 심호흡을 하며 마음을 다잡았다.

'이젠 절대로 실수하지 말아야지!'

* * *

"호오⋯ 관아로 들어갔단 말이지. 당연히 나오진 않았겠고."

"그렇습니다."

늦은 새벽, 관아를 내려다보며 술잔을 기울이던 노인은 재미있다는 듯 끌끌 웃으며 술잔을 채워 넣었다.

특이하게도 노인의 잔에 담긴 투명한 술은 노인이 입을 가져다댈 적엔 자줏빛으로 변했다.

"어떻게 할까요?"

"급한 건 우리라고 생각하겠지. 저놈들이야 관아에 죽치고 앉아 우리가 떠나기만을 기다리면 될 테니까. 현명한 선택이야."

관아의 숨어들어간 것은 탁월하고도 현명한 선택이었다.

애초에 무림과 관은 서로에게 간섭을 할 수 없는 존재. 제 아무리 흑도무림의 정점인 사악교라 하더라도 쉽사리 관을 건드렸다가는 황실의 분노를 피할 수 없었다.

"은밀히 침입하여 목을 취하는 것은 어떻습니까."

"멍청한 소리 말거라. 우리가 저놈들을 쫓는 이유가 무엇이냐."

"유일하게 비림의 추격조를……."

"죽인 놈들이기 때문이지."

노인의 시선이 다시 한번 새벽녘까지 불을 환히 밝히고 있는 관아를 바라봤다.

"관아 내부에서는 싸움을 벌일 수 없다. 저 영악한 놈들이 사악교와 비림에 대해서 떠들지 않았을 리 없어… 괜히 벌집을 들쑤셔봤자 좋을 게 없지."

생각하면 생각할수록 영악하기 그지없었다. 무림인이 관아에 몸을 숨기다니?

노인의 눈이 활모양으로 휘었다.

"그렇다고 시간을 주는 것도 좋지 않지……."

"어떻게 할까요?"

"벌집을 치우려면 먼저 벌을 쫓아내야지. 그리고……."

노인은 언제나 자신과 함께하는 불길한 연기를 내뿜는 커다란 자루를 어깨에 둘러메고 자리에서 일어섰다.

"벌을 쫓으려면 연기를 피우는 게 제격이지."

* * *

다음날 아침, 뜬눈으로 밤을 지새운 제갈원준과 나머지 일행들은 해가 뜨고 나서야 불침번을 세우고 눈을 붙일 수 있었다.

그들이 한숨도 자지 못한 것을 알아차린 우사가 관군을 붙여주려 했으나, 제갈원준은 이 마저도 무의미한 일이라며 받지 않았다.

덕분에 다섯 명의 무인들은 돌아가며 눈을 붙여야 했다.

"오늘 하루만 무사히 넘기면 돼."

제갈원준은 내일 조세를 바치기 위한 수레가 관아에 도착하면 이를 통해 관아를 빠져나가 난항을 벗어날 생각이었다.

'단 한명도 죽지 않게 하겠어.'

불침번을 서게 된 제갈원준은 벽에 몸을 기댄 채로 나머지 4명의 무인들을 바라봤다.

4조의 조장으로서, 그리고 스스로의 자존심을 위해서라도 4조는 단 한명의 사상자도 낼 수 없었다.

떠오른 태양은 속절없이 저물어갔다.

한낮의 달콤했던 숙면이 끝나고, 다섯 명의 무인들을 또다시 뜬눈으로 밤을 새우기 시작했다.

언제 어디서 비림의 살수가 나타날지 몰랐기에 무인들의 신경은 바짝 날이 선 칼날처럼 날카로워졌고, 무림맹 3기 별동대 4조의 다섯 무인이 기거하고 있는 난항 관아의 기왓장 위로 뿌연 연기가 흘러들어왔다.

그렇게 그들의 기나긴 밤이 시작됐다.

"뭐야 저건?"

그것을 처음 발견한 이는 횃불을 들고 관아를 지키던 관의 무사들이었다.

그들은 관아의 기와를 타고 흘러들어오는 뿌연 연기를 바라봤다.

일반 연무와는 그 밀도 자체가 다른 희뿌연 연기를 발견한 무사들은 급히 현령인 우사를 찾아갔다.

"연기라고?"

얼마 전 제갈원준이 쫓기고 있다는 얘기를 전해들은 우사는 다급한 발걸음으로 현령실을 빠져나왔다.

이미 관아를 가득 뒤덮기 시작한 불길한 연무는 횃불을

들고 있음에도 한치 앞도 볼 수 없게 만들었다.

마치 시력을 잃은 장님마냥 불안한 시선으로 주변을 둘러보던 우사는 쩌렁한 목소리로 소리쳤다.

"당장 관아를 벗어나라!"

우사의 명령에 관아의 하인들부터 무사들까지 모든 사람들 관을 빠져나가기 시작했다.

일사분란하게 빠져나가는 관아의 사람들을 뒤로한 채 우사는 제갈원준이 있는 별채를 향해 달려갔다.

이미 연무가 짙게 깔린 그곳은 아무것도 보이지 않았고, 별채로 다가가던 우사는 발걸음을 멈출 수밖에 없었다.

'이런! 이미 연무가……'

당황해하는 우사가 손을 더듬으며 별채로 다가가려 할 때 제갈원준의 목소리가 들려왔다.

"저희는 괜찮습니다. 연무에 독이 섞여 있을지도 모르니 현령께서는 어서 연무에서 벗어나십시오!"

"자네들은 어쩔 생각인가!?"

"이건 무림의 일입니다… 현령님을 포함한 관아의 사람들을 휘말리게 할 순 없습니다."

"……알겠네 부디 몸조심하게!"

무림의 일에 깊게 개입할 수 없을뿐더러 애초에 자신이 어찌 할 수 없는 상황이었기에 우사는 등을 돌려 흐릿해지는 앞길을 더듬으며 관아를 빠져나갔다.

연무가 관아를 완전히 뒤덮기 바로 직전 관아를 빠져나

온 우사는 오롯이 관아만을 뒤덮은 희뿌연 불길한 연무를
보며 황망한 표정을 지었다.

"도대체… 무슨 일이 벌어지고 있는 건지."

우사가 황망하고 두려움이 섞인 눈빛으로 관아를 응시하
고 있을 무렵, 별채에 앉아 서로의 등을 맞대고 있던 제갈
원준과 나머지 네 명의 무인들은 숨조차 제대로 내쉬지 못
했다.

"독연은 아닌 것 같은데."

"관아에 피해가 갈 수도 있으니 독연은 쓰지 않았을 거
야. 대신 수면독일지도 모르지."

"쳇."

소맷자락으로 입과 코를 막은 제갈원준은 눈을 가늘게
좁혀 뜨며 주변을 둘러보았다.

하지만 별채를 가득 메운 연무는 한 치 앞도 보지 못하게
하였으니, 이제 믿을 것은 시력을 제외한 나머지 감각들이
었다.

"끌끌…….."

어디선가 노인의 웃음소리가 들려오자 다섯 명의 무인들
이 자세를 낮췄다.

"관아라… 재미있는 잔재주를 부리더구나."

한 치의 앞도 보이지 않는 짙은 연무.

제갈원준의 눈동자가 바쁘게 움직였다. 그러나 보이는

거라고는 희뿌연 연무가 전부였다.

'제길!'

눈을 잃었으니 이제 의지해야 할 것은 시력을 제외한 온몸의 감각이었다.

이곳에 있는 별동대 4조의 무인들 중 감각이 무딘 이는 존재하지 않는다. 하지만 문제는 상대가 비림의 살수라는 점이었다.

'비림의 살수들의 감각은 우리보다 더 뛰어날 테니 이 상황은 우리에게 극도로 불리해.'

상대는 어둠을 벗 삼아 오롯이 온몸의 감각을 극대화하는데 삶을 바친 이들이었다.

제 아무리 제갈원준의 검이 매섭다 한들 닿지 않으면 무용지물.

두리번거리며 상황을 살펴가던 제갈원준은 정면으로 뻗어 들어오는 날카로운 칼날을 빠르게 쳐냈다.

'정면!?'

설마하니 정면으로 칼날이 들어올 줄이야.

제갈원준은 간신히 살수의 검을 쳐냄과 동시에 고개를 숙였다. 우연히 보인 칼날의 끝이 자신의 왼편에서 찔러 들어왔기 때문이었다.

순전히 우연.

'위험했다!'

숨소리조차 죽이며 감각을 극대화 했지만 들려오는 것은

아무것도 없었다. 마치 칼날이 제 의지를 가지고 허공을 날아다니는 것만 같았다.

'이 정도로 은밀할 줄이야… 게다가 진동조차 느껴지지 않는다!'

제갈원준은 청각은 물론이요 촉각에도 온 정신을 집중했다.

발끝에서 느껴지는 상대의 진동조차 놓치지 않으려 감각을 극대화했으나 제갈원준의 감각에는 살수들의 움직임이 전혀 느껴지지 않았다.

'두려우냐. 두렵겠지… 하지만 진정한 공포는 지금부터다.'

노인은 연무의 중심부에서 살수들에 맞서고 있을 다섯 명의 별동대를 지켜보며 잔인하리만큼 비릿한 미소를 지었다.

한편, 두 번의 찌르기를 막아내는 데에 성공한 제갈원준은 자신의 주변을 가득 메운 연무가 점점 더 짙어지고 있음을 느꼈다.

'연무의 밀도가 너무 짙다. 흩어지질 않아.'

혹시나 하는 마음으로 소맷자락을 펄럭여봤지만 연무는 조금의 흐트러짐도 보이지 않았다.

점점 주변의 모든 것들이 하얗게 변해갈 무렵 제갈원준의 눈이 점점 커져갔다.

'설마!'

급히 손등을 들어올린 제갈원준은 혀를 내밀어 자신의 손등을 핥았다.

'역시……!'

혀끝으로 핥은 손등에서는 아무런 맛도 느껴지지 않았다.

관아에 들어온 이후로… 아니, 비림의 살수들에게 쫓기기 시작한 이후로 제갈원준은 몸을 씻지 못했다.

아무리 깨끗하게 유지했어도 맨 살에서 아무런 맛이 느껴지지 않을 리 없었다. 땀이 가지는 특유의 짠 내가 느껴져야 정상이었다.

제갈원준은 이에 멈추지 않고 손끝으로 자신의 검신을 살짝 때렸다.

손끝에서는 분명한 칼날의 단단함이 느껴졌으나, 들려오는 소리는 아무것도 없었다.

의심이 확신이 되는 순간, 제갈원준은 품속으로 손을 집어넣었다.

"큭!"

노진과 장용성 그리고 오유하는 능소유를 둘러싸고 주변에서 날아드는 칼날들을 쳐냈다.

주변은 점점 하얗게 변해가고 있었고, 노진과 장용성 그리고 오유하는 자신의 거친 숨소리조차 들리지 않았다.

"젠장… 멀어지지 마. 틈을 주면 안 돼."

노진과 장용성, 오유하는 서로의 어깨를 맞대고 삼각 형태로 서서 살수들의 공격을 기다렸다.

'나는 이번에도 짐 덩이야.'

그들의 사이에 낀 능소유는 살수들의 칼날을 느끼지도 보지도 못했다.

연무가 존재하지 않았을 때에도 살수들의 검을 간신히 느끼던 능소유가 짙은 연무 속에서 살수들의 공격을 꿰뚫어볼 수 있을 리가 없었다.

그녀는 스스로 작아짐을 느끼며 몸을 떨었다. 무력감과 공포가 그녀를 집어 삼켰다.

'살 깎기는 그만. 이젠 목숨을 취한다.'

비림의 살수들은 자세를 낮춰 삼각형의 형태로 서서 살수들의 공격을 막아내고 있는 세 명의 무인들을 응시했다.

세 무인은 서로의 어깨를 맞댐으로써 사각을 없앴다. 그건 분명 살수들의 검을 막기엔 최적이었다.

그러나 약점은 분명했다.

'한 번에 덮친다.'

바로 움직일 수가 없다는 점.

서로의 어깨를 맞댔기에 세 무인은 제자리에서 공격을 받아내야 했으니, 살수들은 각자의 검을 치켜든 채 일제히 세 무인을 향해 달려들었다.

내공이 깃든 그들의 검끝에서는 붉은색의 혈광이 번뜩였다.

'일단 이 여자부터!'

살수의 검이 오유하의 목젖을 향해 정확히 찔러 들어갔다.

오유하에게 향한 검은 총 세 개였고, 그녀는 자신을 향해 찔러 들어오는 세 개의 검을 미처 발견하지 못한 듯 했다.

'끝.'

살수의 검이 오유하의 목젖에 닿기 직전 백색의 세계에서 혈광을 목도한 오유하의 눈이 커졌다.

"이……!"

도저히 막을 수가 없었다.

마치 허공에서 솟아난 것처럼 나타난 세 개의 칼날은 정확히 자신의 사혈을 노리고 있었다.

시간차를 두고 찔러 들어오는 칼날들을 도저히 쳐낼 겨를이 없자 오유하는 입을 악물며 검을 치켜들었다.

'한 명이라도 더 데려가야……!'

죽을 때 길동무라도 데려갈 요량으로 오유하가 동구어진을 각오하고 검을 휘두르려는 순간, 매서운 검풍이 몰아닥쳤다.

쾌가강—!!

세 개의 칼날이 허공으로 솟구치며 동시에 반원모양의 빛이 번쩍이며 살수 한명의 가슴에서 피가 튀어 올랐다.

"안녕!"

백색의 세계에서 나타난 것은 바로 제갈원준이었다.

그는 오유하의 앞에 나타나 오유하에게 작은 병을 건네

주며 말했다.

"삼켜!"

짧은 명령과 함께 제갈원준이 살수들을 향해 몸을 날렸고, 이것저것 생각할 때가 아니었기에 오유하는 병을 열어 그 안에 들어 있는 엉성하게 만든 단환을 입에 넣고 씹었다.

남은 단환의 수량은 두 개. 오유하는 이를 자신의 등 뒤에 서 있는 노진에게 넘겼다.

"먹어!"

노진이 병을 넘겨받자 고개를 돌린 오유하는 곧이어 백색의 세상이 점점 선명해지고 있음을 느꼈다.

'독에 중독되었던 건가?'

단환의 효력이 발휘되면 발휘될수록 오유하의 세계는 점점 선명해지고 분명해졌다.

발끝에서 살수들의 움직임이 느껴졌고, 귀에서는 칼날들의 부딪침이 들려왔다.

그제야 자신이 독에 중독되어 있었음을 깨달은 오유하는 자신을 둘러싸고 있는 살수들을 향해 이를 악물었다.

"이제부터야."

오유하의 검에서 맹렬한 기운이 솟구치며 화란검법의 첫 번째 초식, 화란교선이 펼쳐졌다.

"호오."

연무 속 싸움을 구경하던 노인은 흥미로운 얼굴로 살수들과 싸움을 벌이고 있는 제갈원준을 바라봤다.

'그 짧은 순간에 해독제를 만들어 내다니… 당가의 녀석도 아닌 제갈가의 녀석이… 역시 재밌는 녀석이로군.'

노인이 만들어낸 연무는 보통 연무가 아니었다.

호흡을 하는 것만으로도 온몸의 감각을 앗아가는 일종의 마비독이 담긴 연무였는데, 연무 속에 독기가 섞여 있음을 눈치챈 제갈원준이 품속에서 수십 개의 작은 병을 꺼내어 씹기 시작한 것이다.

빠른 손놀림으로 한손으로는 살수들의 공격을 막아내고, 다른 한손으로는 해독제를 씹어보던 제갈원준은 연무 속에 담겨있는 독이 일반적인 독이 아니라는 것도 눈치챘다.

'하나로는 안 된다는 거지!?'

한번 본 것은 잊지 않는 것. 무공과는 별개로 제갈원준이 가진 재능 중 하나였다.

제갈원준은 머릿속의 도서관을 열어 빠르게 머리를 굴렸다. 그의 머릿속에는 제갈세가에서 몰래 가지고 있던 당가의 비서가 펼쳐졌다.

이 세상 모든 독의 대한 내용이 담겨있다고 해도 과언이 아닌 당가의 비서를 읽어가던 제갈원준은 생각과 동시에 손가락을 놀려 작은 병에 담긴 해독초들을 꺼내 손가락을 짓뭉개며 여러 개의 해독초를 조합하기 시작했다.

그 손놀림이 어찌나 빨랐는지 노인은 제갈원준의 손놀림을 보며 감탄사를 내뱉을 뻔했다.

"천재로군."

천재들이라 불리는 많은 자들을 봐왔지만, 노인은 제갈원준이 진정한 천재 중 한명임을 깨달았다.

이윽고 제갈원준은 자신이 만든 해독제를 오유하, 노진, 장용성순으로 넘겨주며 살수들에게 대항했다.

'그냥 놔둬도 이길 수 있겠다만.'

노인은 흥미가 동했다. 저 젊은 천재가 어디까지 해낼 수 있을까.

또한, 자신이 저 어린 천재를 죽이는 데엔 얼마나 걸릴까.

고민을 마친 노인은 자신의 옆에 놓인 보따리를 짊어지고 일어섰다.

노인의 거동과 함께 그의 주변에서 끊임없이 흘러내리던 희뿌연 연무의 흐름도 끊겼다.

'연무가 옅어진다!'

두 명의 살수와 검합을 펼치던 제갈원준은 자신 주변의 연무가 점점 옅어지고 있음을 깨달았다.

'가망이… 있어!'

연무가 옅어진다는 것은 제갈원준을 포함한 별동대 4조의 무인들이 제 실력을 발휘할 수 있음을 뜻했으니, 어둡던 제갈원준의 얼굴이 밝아졌다.

그러나 그의 밝은 얼굴은 오래가지 못했다.

"끌끌……!"

옅어지는 연무 사이로 한 노인이 모습을 드러냈다.

그 노인은 불길한 검은 연기를 토해내고 있는 보따리를 한쪽 어깨에 짊어진 채로 나타났고, 그의 등장과 함께 살수들이 자취를 감췄다.

"후우!"

짧은 심호흡과 함께 검을 고쳐 잡은 제갈원준은 노인을 보며 생각했다.

'드디어 올 게 왔군.'

살수들이 물러나고 연무가 걷힌 것은 모두 저 노인의 영향이었다.

예부터 무림에서 나이든 자를 조심하라는 어른들의 얘기를 떠올리던 제갈원준은 숨을 재차 고르며 노인을 똑바로 바라보며 말했다.

"노야께서 이 연무의 주인이십니까."

"그런 셈이지. 그나저나 대단하구나. 당가의 자식도 아닌 제갈가의 자식이 이토록 독에 대한 조예가 깊다니."

노인의 얘기를 듣고 있던 제갈원준이 어깨를 으쓱였다.

"꽤나 귀찮은 조합이었습니다. 그보다… 제가 누구인지 알고 계시는군요."

제갈원준은 몸을 긴장시키며 근육을 이완시켰다.

"네들은 꽤나 건방진 짓거리를 해오지 않았느냐. 그 덕에 교에서도 너희들에 대한 관심이 꽤나 커서 말이다. 끌끌… 제갈가의 제갈원준."

"이거 불공평한 거 아닙니까. 저는 선배님의 존함을 모르는데요."

제갈원준이 능글맞은 미소를 지으며 말을 건네자 노인이 기분 좋은 웃음을 터트리며 대답했다.

"끌끌끌… 곧 죽을 녀석이니 못 가르쳐줄 것도 없지. 노부의 이름은… 당추월이다."

취하는 것보다 빠르게

"당추월? 독랑제(毒螂帝) 당추월님이십니까."

"그래, 맞다."

"하하… 여기서 당가의 독랑제를 만나게 될 줄은 꿈에도 몰랐습니다."

"그리 놀란 표정은 아니구나. 내가 독랑제라는 것을 알고 있던 것이냐."

당추월의 물음에 제갈원준이 내공을 온몸에 퍼트리며 고개를 가로저었다.

"독랑제라는 것은 몰랐으나, 당가의 사람일지도 모른다는 생각은 했습니다. 제가 해독제를 만들며 참고한 것이 당가의 비서라서 말이지요."

"껄껄! 고놈 참 맹랑한 녀석이로구나. 제갈가의 녀석이 당가의 비서, 만독지서를 읽어봤다는 게냐."

"어릴 적에 한번 읽어봤습니다."

"그게 허풍이 아니라면 참으로 아쉬운 일이로구나. 무림에 둘도 없는 천재를 내 손으로 죽여야 한다니."

말을 마친 당추월이 소매를 가볍게 휘저었다.

당추월의 넓적한 소맷자락에서 다섯 개의 침이 날아오는 것을 목격한 제갈원준이 검신을 비틀어 검의 옆면으로 침을 막아냈다.

"보통 무림의 선배들께서는 선수를 양보해주시지 않습니까!? 선배가 독랑제라면 더더욱!"

제갈원준이 짜증스럽게 말하자 당추월이 웃으며 뒷짐을 지었다.

"몇 수 양보해주면 되겠느냐?"

"열 수 정도 양보 해주시겠습니까."

"열 수라……."

고수와 고수간의 싸움에서 열 수를 양보한다는 것은 있을 수 없는 얘기였다.

그 이유는 간단했다. 상대방의 반격을 생각하지 않아도 되는 상황에서 펼쳐지는 공격만큼 매섭고 날카로운 것은 존재하지 않기 때문이었다.

물론 열 수를 양보해주는 당추월의 입장에서도 방어에만

집중하면 된다지만, 그것이 열 수나 된다면 얘기는 달라진다.

'나를 독랑제라 치켜세우는 이유가 있었군.'

당추월은 제갈원준의 얄팍한 수를 꿰뚫어보며 끌끌거리며 웃었다.

"참으로 맹랑하고 당돌한 녀석이 아닐 수 없구나."

"그런 얘기를 간혹 듣곤 합니다."

두 노인과 사내가 서로를 바라보며 빙긋 웃었다.

"싫다."

딱 잘라 거절하는 당추월을 보며 제갈원준이 실망감이 가득한 말투와 표정으로 말했다.

"선배께서 이렇게 매정하실 줄은 몰랐군요."

"너를 인정하는 것뿐이다."

"그렇다면… 다른 제안을 드려도 되겠습니까."

"들어나 보자꾸나."

"저와 독랑제께서 일대일로 힘을 겨루는 것이 어떻습니까. 제가 이기면 독랑제께서는 돌아가시면 되는 것이고……."

"네들의 목숨을 네놈 혼자서 모두 책임지겠다는 말이더냐."

당추월의 물음에 제갈원준이 고개를 끄덕이며 말을 덧붙였다.

"설마 독랑제께서 이번 제안조차 거절하진 않으시겠지

요. 이는… 독랑제께서도 나쁜 제안이 아닌 줄로 알고 있습니다."

"끌끌! 좋다… 대신, 네가 내게 패배한다면…….''

"알고 있습니다."

제갈원준이 고개를 끄덕이고 당추월이 마주 고개를 끄덕이자 그들의 곁에서 언제든 출검할 준비를 하던 비림의 살수들이 뒤로 물러섰다.

이를 지켜보던 네 명의 무인들도 군말 없이 뒤로 물러섰으니, 그들이 있는 별채에서는 제갈원준과 당추월의 생사투를 위한 공간이 마련되었다.

"네놈은 내가 누구인지 알면서도 동료들의 목숨을 건 일대일 생사투를 제안하였구나."

"아무리 머리를 굴려 봐도 마땅한 방법이 떠오르지 않아서 말입니다. 그나마 생존 가능성이 큰 쪽으로 목숨을 걸어봐야 하지 않겠습니까."

"타고난 도박꾼이로구나."

뒷짐을 지고 있던 당추월이 소맷자락을 펄럭이자 그의 소매에서 불길한 기운이 느껴지는 자줏빛 연기가 흘러나왔다.

언 듯 보더라도 강렬한 독기가 느껴지는 듯한 불길한 연기를 보며 제갈원준이 마른침을 삼켰다.

'독랑제는 만여 개의 독을 자유자재로 다루는 독의 귀재.'

만개의 독을 자유자재로 다루는 독랑제는 사천당문에서도 문주 이후로 가장 위험한 인물로 손꼽히는 자였다.

독랑제의 독을 조금이라도 흡입하는 순간, 폐가 녹아내리고 기혈이 끊어진다. 해독제를 쓴다고 해도 이미 망가진 몸은 복구할 수 없다.

'속전속결.'

후우우—

제갈원준은 길게 심호흡을 한 후 검의 손잡이를 왼손으로 강하게 말아 쥐었다.

"선수는 양보하지."

당추월의 손을 까딱이자 제갈원준이 고개를 살짝 숙였다.

"그럼 이 후배… 선배님의 배려를 달게 받도록 하겠습니다."

선수는 제갈원준이었다.

지면을 박차며 앞으로 나아간 제갈원준은 검끝을 세워 당추월의 얼굴을 향해 검을 찔러 넣었다.

당추월은 정확히 제갈원준의 검끝을 응시하며 고개를 뒤로 젖히는 것으로 그의 찌르기를 피했다.

하지만 제갈원준의 검은 마치 살아 있는 것 마냥 기형적으로 꺾이며 고개를 젖힌 당추월의 어깨를 향해 찍어내려 왔고, 당추월은 흥미로운 눈빛으로 신형을 회전시키며 제갈원준의 검을 피했다.

'칫!'

첫 출수가 무위로 돌아갔으나 제갈원준은 실망하지 않고 검을 쥔 손과 손목에 힘을 주며 내공을 끌어올렸다.

회색빛의 기운이 제갈원준의 검신을 타고 흘러나왔다.

'대천성검법(大天星劍法) 제 2초 비성낙락(飛星落落).'

제갈원준의 검끝에서 둥근모양의 빛이 번쩍였다.

곧이어 공중을 살짝 몸을 뛰어오른 제갈원준은 검끝으로 당추월을 겨누며 찔렀고, 그의 검끝에서 쏘아진 날카로운 검기가 당추월을 향해 날아들었다.

쿵—!

주먹만한 크기의 구멍이 움푹 패이며 뒤로 물러선 당추월의 시선이 제갈원준을 응시했다.

"과연 훌륭한 검법이로다."

당추월의 소매에서 두 개의 비침이 쏘아져 나갔다.

소리 없이 날아든 그의 비침은 제갈원준의 두 눈을 노렸고, 이를 발견한 제갈원준이 눈살을 찌푸리며 오른손으로 검집을 뽑아들어 휘둘렀다.

투둑—!

두 개의 비침이 제갈원준의 검집에 꽂혀 들어갔다.

'멈추면 안 돼.'

시간을 주어선 안 된다는 생각에 제갈원준은 검집을 내림과 동시에 몸을 날렸고, 그의 신형은 빠르게 나아가 당추월의 발치까지 다가섰다.

"흐읍!"

제갈원준의 검이 사선을 그리며 뻗어 올라가 당추월의 허리를 베어 들어갔다.

그러나 당추월은 숨을 한껏 들이마시며 사뿐히 몸을 날린 후 자신의 왼발 등으로 제갈원준의 검신을 차버렸다. 뒤이어 당추월이 입을 벌리며 들이마셨던 숨을 토해냈다.

푸우우우—!

당추월의 입을 통해 뿜어져 나온 독기가 제갈원준을 덮쳐왔다.

'칫!'

자세를 낮춘 제갈원준은 몸을 뒤로 날리며 바닥을 굴렀다.

간발의 차이로 당추월의 독기를 피한 제갈원준은 자신을 향해 날아드는 모래를 발견하고는 이를 갈았다.

'이번엔 사독인가?'

제갈원준이 검에 기운을 담아 넓게 휘둘렀고, 그의 검에서 뿜어져 나온 검풍이 사독을 당추월에게로 날려 보냈다.

그러나 사독에 아무런 영향도 받지 않는 당추월은 비릿하게 웃으며 소맷자락을 펼쳤고, 소맷자락 사이로 쏘아져 나온 비침들이 비처럼 쏟아졌다.

'가지가지 하네!'

만천화우(滿天花雨)에 버금가는 독침의 비가 쏟아졌다.

제갈원준은 신형을 빙글 돌리며 검을 풍차 돌리 듯 휘둘렀고, 그의 검신에서는 소용돌이가 몰아치며 비침들을 쳐내기 시작했다.

하지만 모든 비침을 쳐내는 것은 무리였는지 제갈원준은 허벅지에서 느껴지는 따끔한 고통에 인상을 썼다.

"제길!"

비침을 쳐낸 후 뒤로 물러선 제갈원준은 오른손으로 품을 뒤지며 머릿속에 깃들어 있는 만독지서를 떠올렸다.

제갈원준의 오른손이 춤을 추듯 움직이며 작은 병들을 꺼내들었다.

눈부시게 빠른 속도로 병의 마개를 따낸 제갈원준이 병 안에 들어 있던 해독초들을 입에 넣고 씹었다.

'독의 종류를 파악할 시간이 없다!'

독이 퍼지는 것보다 빠르게 해독해야 했다.

만독지서의 내용을 머릿속으로 헤아림과 동시에 해독초를 씹은 제갈원준은 뒤이어 자신을 덮쳐오는 독무를 바라봤다.

"이건 어찌 할 테냐!"

당추월이 커다란 적색 호리병을 꺼내어 그 안에 든 독수를 마신 후 입으로 내뱉자 그의 입에선 진한 독무(毒霧)가 뿜어져 나왔고, 독무는 마치 살아 있는 생명체마냥 제갈원준을 덮쳤다.

'역시 독랑제인가.'

제갈원준은 다가오는 독무를 피할 틈이 없었다.

'방법은…….'

독무를 피할 방법이 없다. 그렇다면 그가 할 수 있는 건 단 하나.

'돌파하는 수밖에!'

제갈원준이 독무를 향해 몸을 날렸다.

숨을 참지도 않았다. 어차피 이 정도 수준의 독무라면 피부를 뚫고 들어와 중독될 뻔했기에.

독무 속으로 들어가자마자 숨이 답답해지고 피부가 따끔거렸다. 일부러 독을 받아드린 제갈원준은 다시 한번 품을 뒤적였다.

'생각해… 생각!'

독무 속으로 제 발로 들어간 제갈원준의 머리가 빠르게 회전했다.

그의 머릿속에서 펼쳐진 만독지서에서는 셀 수도 없을 만큼 많은 양의 독과 그에 대한 증상, 해독법 등이 차례대로 나열되었고, 제갈원준의 손은 필요한 해독초가 담긴 병들을 손으로 깨부수며 입에 넣어 씹었다.

'몸에 들어온 독은 최소 다섯 종류가 섞여 있다.'

비침을 통해 들어온 독과 독무 속에서 느껴지는 독은 최소 다섯 종류. 어쩌면 그보다 많을지도 몰랐다.

이제 남은 것은 당추월의 독과 제갈원준의 해독. 중독과 해독의 싸움이었다.

                    *   *   *

"말도 안 돼⋯⋯."

 허탈함 혹은 경외감. 당수아는 복잡한 감정이 담긴 눈빛
으로 자신의 앞에 선 사내를 바라봤다.

 어느새 흑색의 무복으로 돌아온 정체불명의 사내는 아무
런 거리낌 없이 앞으로 나아갔고, 별동대를 뒤쫓던 비림의
살수들은 자신들의 본분을 다하고자 그들을 덮쳐왔다.

 그리고 결과는 처참했다.

 비림의 살수들은 자신들의 진면목을 발휘하기도 전에 사
내에게 들켰고, 잠시만이라는 말을 남긴 채 사라진 사내는
짧은 시간 만에 살수들의 목을 꺾어놓곤 되돌아왔다.

 그 속도가 어찌나 빨랐는지 당수아와 남궁설, 길음현은
사방에서 들려오는 경쾌한 타격음에 귀를 기울일 뿐이었
다.

"가자."

 별동대의 공포라고 할 수 있는 비림의 살수들을 아무렇
지 않게 도륙한 태무선은 여전히 아무렇지 않은 듯 앞으로
나아갔다.

"보이지 않아요. 시신도 없는 것을 보면 아직 살아 있다
는 뜻일 텐데⋯ 표식을 남겨놓지 않은 것은⋯⋯."

 당수아가 비밀 표식을 찾아보려 했으나, 표식은 찾아볼

수 없었다.

4조가 표식을 남기지 않고 빠르게 움직이고 있다는 의미
는 단 하나.

"쫓기고 있다는 뜻이겠지."

태무선은 주변 시야를 넓게 봤다.

그의 눈동자에는 사람이 남겨놓은 흔적들을 뒤쫓았고,
흔적들은 산길이 아닌 산의 아래쪽을 향하고 있었다.

"이곳에서 가장 가까운 도시는 어디야?"

태무선의 물음에 길음현이 다급하게 대답했다.

"난항입니다!"

"난항?"

"꽤나 큰 도시인데… 굳이 도시로 도망칠 필요가 있었는
지는 모르겠습니다."

길음현이 이해가 안 된다는 듯한 얼굴을 했다.

그도 그럴 것이 갈수들은 공간에 대한 제약을 받지 않는
다. 게다가 각 도시에는 사악교와 관련된 이들이나 비림의
살귀들이 진을 치고 있는 곳이 많았다.

오히려 도시로 숨어들었다가는 도망칠 곳도 없이 갇힐게
뻔했으니, 별동대는 웬만해서는 사람들의 눈이 존재하지
않는 깊고 험난한 산과 골짜기를 선호했다.

그런데 4조는 비림의 살수들을 피해 굳이 도시 속으로
들어간 것이다.

"생각이 있겠지."

제갈원준이라면 나름이 계획이 있을 거라 생각한 태무선의 시선은 난항으로 향했다.

* * *

스윽—!

뒤로 다섯 걸음을 물러선 당추월은 자신의 독무를 뚫고 나타나 검을 휘두르던 제갈원준을 보며 꽤나 놀란 표정을 지었다.

"독에 꽤나 내성이 있는 모양이구나. 아니면… 중독되는 것보다 빠르게 해독을 시도했거나."

"전자였으면 좋겠으나, 아쉽게도 후자입니다."

"어처구니없는 녀석이로군."

당추월은 황당하면서도 웃음이 나왔다.

자신의 독은 아무나 따라할 수 없을 정도로 복잡하고 심오했다.

한 가지 독이 아닌 여러 가지 독을 섞어 만든 그의 독은 한두 가지의 해독제로는 절대로 해독할 수 없는 혼독(混毒)이었다.

그러나 제갈원준은 자신의 혼독을 믿을 수 없을 만큼 빠르게 해독해낸 것이다.

'독의 종류를 이토록 빠르게 판별하다니… 만독지서를 읽었다는 것은 허풍이 아니었군. 역시 그것을 쓸 수밖에

없나.'

생각을 마친 당추월이 왼팔을 휘젓자 거대한 보따리가 그의 손짓에 맞춰 날아왔다.

마침내 보따리를 어깨에 짊어진 당추월이 제갈원준을 바라보며 아쉬움이 담긴 얼굴로 혀를 찼다.

"쯧쯧… 네 재주가 대단해 조금 더 놀아주고 싶으나 그러진 못하겠군. 내 시간이 얼마 없는 것 같으니 말이다."

당추월의 시선이 관아를 뒤덮고 있던 연무를 향했다.

어느새 관아를 뒤덮고 있던 연무가 걷혀가고 있었다. 짙은 밀도로 바람에도 날아가지 않던 연무가 시간에 지남에 따라 옅어지기 시작한 것이다.

이대로라면 관아를 빠져나갔던 관군이 들이닥칠 것이 뻔했으니, 당추월은 끝을 낼 시간이 왔음을 느꼈다.

"이제 그만 끝내자꾸나!"

당추월이 새처럼 날아올랐다. 그는 벽을 박차고 제갈원준의 머리위로 날아들었고, 그의 손이 빠르게 움직였다.

'여섯 개.'

총 여섯 개의 비도가 제갈원준을 둘러싸며 날아들었다.

제갈원준은 검을 휘둘러 비도를 쳐냈고, 비도들은 각기 방향을 잃고 중구난방으로 바닥에 꽂혔다.

'시간이 없는 건 나도 마찬가지야.'

이대로 우사를 기다리는 것이 현명했겠으나, 제갈원준은 몸이 점점 무거워지고 있음을 느꼈다. 내공을 쓰면 쓸

수록 몸에 스며든 독기가 몸을 무겁게 만들었다.

"흐읍!"

최대한 빠르게 끝을 내야 했기에 제갈원준이 땅을 박차고 몸을 날렸다.

그러나 하늘을 치솟던 제갈원준의 신형이 바닥으로 곤두박질쳤다.

"큭!"

바닥에 내려앉은 제갈원준은 자신의 양 어깨와 팔에서 흐르는 붉은 선혈줄기를 발견했다.

'이건?'

"천잠사의 실이다. 내가 던진 비도에는 천잠사의 실이 매여 있지. 너는 보지 못한 모양이지만, 네가 비도를 쳐내는 바람에 천잠사의 실은 이미 네놈을 가둬두고 있단다."

당추월의 말은 허풍이 아니었다. 설마 하는 마음으로 검을 휘둘러본 제갈원준은 자신의 검이 보이지 않는 뭔가에 막히는 것을 발견했다.

"정말 가지가지 하시네요."

제갈원준이 성난 목소리로 말을 건네 오자 당추월은 보따리의 입구를 동여매고 있던 굵은 끈을 풀어냈다.

"선배에게 칭찬을 아끼지 않는 녀석이로구나."

"칭찬으로 들어주시니 감사하네요."

"제갈가에는 미안할 뿐이구나. 제갈가에서 태어난 천재가… 뼈조차 남지 않고 죽게 되었으니 말이야!"

당추월이 보따리를 풀어 펼치자 그 안에서 자줏빛의 짙은 연무가 흘러내렸다.

"콜록!"

"커억… 킥!"

멀리 떨어져 있음에도 엄청난 독기에 기침을 토해내던 오유하와 장용성 등은 소매로 입과 코를 막았다.

'이토록 강력한 독기라니… 숨조차 쉬기 버거워!'

'제갈원준!'

장용성과 오유하의 눈에 보인 것은 강력한 독기에 휩싸이는 제갈원준의 모습이었다.

쿠우우—!

자줏빛의 독무는 제갈원준을 뒤덮었고, 독기가 얼마나 강했는지 천잠사의 실들이 저절로 녹아내렸다.

"쯧쯧."

비명조차 지르지 못하고 두 무릎을 꿇은 채로 쓰러진 제갈원준을 보며 당추월은 바닥으로 내려왔다.

'강하긴 강하군.'

직접적으로 닿지 않았음에도 당추월의 앞에 놓인 독무는 상당한 독기를 갖고 있었다.

만독지체에 다다랐다고 생각되는 자신의 신체도 버티기 버거운 독무.

짧은 시간동안 제갈원준을 뒤덮고 있던 독무는 다행히 오래가지 않아 흩어졌고, 점점 옅어지는 독무 사이로 제갈원준의 모습이 드러났다.

그의 상의 무복은 녹아내렸고, 피부는 거뭇하게 변해 있었다. 입과 코에서는 검붉은 피가 흐르고 있었고, 눈은 반쯤 죽어 있었다.

하지만 놀라운 것은 제갈원준의 코끝에서 미약한 숨소리가 들려오고 있다는 점이었다.

"대단하구나. 나의 자한독운(紫罕毒雲)속에서 죽지도 않고 살아 있다니."

백여 명은 족히 죽이고도 남을 독기가 담긴 자한독운을 정면으로 받고도 살아 있는 제갈원준에게 다가간 당추월은 품속에서 검은빛의 검신을 가진 단검을 꺼내들었다.

"내 특별히 손수 네 목을 취해주마."

당추월이 단검을 쥔 채로 다가가자 오유하가 검을 뽑아들었다.

아직 독무의 영향이 주변을 에워싸고 있었으나 오유하는 망설이지 않았고, 이는 장용성과 노진도 마찬가지였다.

세 명의 무인이 검을 뽑아들고 제갈원준의 목을 취하려는 당추월에게 달려갔다.

하지만 그들의 앞을 비림의 살수들이 막아섰다.

"젠장! 비켜!"

장용성의 도가 맹렬한 기세를 흩뿌리며 달려들었으나, 비림의 살수들은 물러서지 않고 장용성에 맞섰다.

"안 돼!"

오유하의 검에서 붉은빛의 기운이 뿜어져 나왔다.

"화성익린(花星溺躪)."

시간이 없음을 깨달은 오유하는 지체 없이 화란검법의 절기를 펼쳤고, 그녀의 검은 빠르게 치솟으며 비림의 살수를 덮쳐들었다.

그러나 별동대 4조의 무인들이 비림의 살수에 대항해 용렬하게 맞섰음에도 당추월의 단검은 속절없이 나아가 제갈원준을 목에 찔러 들어갔다.

스륵―!

당추월의 검이 제갈원준의 목을 베는 순간이었다.

'아니!?'

당추월은 몸을 일으키며 자신의 품속으로 들어오는 제갈원준을 보며 크게 당황했다.

분명 손가락 하나 까딱일 수 없을게 분명한데 제갈원준이 자신을 향해 비호처럼 몸을 날린 것이다.

게다가 제갈원준의 검에선 선명한 회색빛의 기운이 휘몰아치고 있었다.

"대성유천(大星流天)……."

번쩍였다.

회색이 아닌 백색의 찬란한 빛이 번쩍였고, 제갈원준의 검이 두 번 휘둘러지며 당추월의 가슴을 베었다.

평소 딱딱한 갑주를 옷 속에 숨겨두고 있던 당추월은 자신의 갑주가 제갈원준의 검에 베여 찢겨져 나갔음을 느꼈다.

"크윽!"

갑주는 사라졌으나 아직 죽은 것은 아니다!

당추월이 이를 악물며 품속에서 주먹만한 독단을 움켜쥐었다.

'시간을 끌면…….'

어차피 시간이 지나면 이기는 것은 자신이었으니.

시간, 시간을 끌면 된다 라고 생각한 당추월의 눈동자에 제갈원준의 빛나는 검끝이 비춰졌다.

'끝이 아니었어?'

두 번의 검격으로 제갈원준의 대성유천은 끝난 게 아니었다. 진짜는 두 번의 검격 이후로 펼쳐지는 온 힘을 다한 찌르기.

하늘을 빗살처럼 가로지르는 유성처럼 제갈원준의 검이 당추월을 찔러 들어갔다.

푸욱—!

날카로운 검은 정확히 당추월의 복부를 뚫고 들어갔다.

"커헉!"

붉은 피를 토해낸 당추월이 바닥에 주저앉았고, 제갈원준의 검은 땅에 꽂혀 들어갔다.

주저앉은 당추월과 그를 찌른 채로 한쪽 무릎을 꿇은 제갈원준. 둘의 시선이 서로를 마주봤다.

"나를… 나는…….."

푸확—!

제갈원준은 더 이상의 대화는 필요치 않았는지 자신의 검을 뽑아들었고, 당추월은 그대로 쓰러졌다. 더 이상의 호흡은 들려오지 않았다.

　혼이 빠져나간 듯 축 늘어진 당추월의 몸에선 조금의 생기도 느껴지지 않았다.

　'이겼다……'

　제갈원준은 덜덜 떨리는 손길로 바닥을 더듬었고, 쓰러지는 그의 신형을 오유하의 손길이 지탱했다.

　"제갈원준!"

　귓가에 들려오는 오유하의 처절한 외침에 제갈원준이 덜덜 떨면서 말했다.

　"푸… 꺼… 빨리……."

　"괜찮아!? 내가… 내가 어떻게 해야……."

　"귀……."

　귀라는 얘기를 들은 오유하가 제갈원준의 입가에 자신의 얼굴과 귀를 가까이 가져다대자 제갈원준이 작은 목소리로 속삭였다.

　"품에서… 검은… 병을… 꺼내……."

　"검은 병!"

　제갈원준의 말을 알아들은 오유하가 그의 품을 뒤져 검은 병을 꺼낸 후 이를 제갈원준의 입에 넣어주었다.

　검은 병에 들어 있는 황토색의 액체는 제갈원준의 입술을 비집고 들어갔다.

제갈원준이 당추월의 자한무운 속에서 살아남기 선택한 것은 자신이 아는 가장 독한 극독을 삼키는 것이었다.

이독제독이라 하였던가. 그의 몸속에서는 두 개의 독기가 서로 제갈원준의 목숨을 취하려고 치열한 다툼을 벌였고, 그 덕분에 시간을 번 제갈원준은 자한독운에서 살아남을 수 있었다.

하지만 독기에 오랫동안 노출된 몸은 죽어가는 중이었다.

뒤늦게 해독제를 들이켰으나 몸은 목석이 되어가는 것마냥 딱딱해 졌다.

"쿨럭!"

각혈을 토해내는 제갈원준을 어깨에 짊어진 오유하는 자신들을 에워싸는 비림의 살수들을 발견했다. 그녀의 곁으로 장용성과 노진 그리고 능소유가 달려왔다.

"하긴. 살수들이 약속을 지킬 리는 없지."

"이렇게 된 이상 싸울 수밖에……."

제갈원준이 당추월을 이겼음에도 살수들을 물러서지 않았다. 오히려 노골적인 살기를 풍기며 날카롭게 벼려진 칼날을 들이밀었다.

모두가 죽는 한이 있어도 용맹하게 맞서 싸우리라.

노진과 장용성 그리고 능소유는 자신들의 검을 높게 치켜들며 살수들과의 싸움을 기다렸다.

하지만 바로 그때 닫혀 있던 별채의 문이 열리며 난항의 현령, 우사가 나타났다.

"괜찮은가!"

우사의 등장에 살수들이 재빨리 모습을 감췄다.

우사는 오유하의 어깨에 의지해 간신히 서 있는 제갈원준에게 다가갔고, 그의 상태가 정상이 아님을 깨달았다.

얼굴색은 마치 죽은 시체처럼 까맣고, 혈관이 푸른색으로 도드라졌다.

"이게 어찌된 건가?"

"설명할 시간이 없습니다. 당장 의원으로 옮겨야 합니다!"

"이런…! 당장 나가세!"

우사는 오유하 대신 직접 제갈원준을 등에 업고 별채를 빠져나갔고, 그의 뒤를 오유하와 나머지 일행들이 뒤따랐다.

"의원은 어디 있습니까?"

"관아에서 일리(一里)정도 밖에 안 떨어져 있네!"

"다행……."

다행히 의원은 관아와 그리 멀리 떨어져있지 않았다.

하지만 앞서 걸어가던 장용성이 발걸음을 멈추자 오유하와 우사 역시 덩달아 멈출 수밖에 없었다.

한시가 급한 상황에서 장용성이 길을 막고 서 있자 우사가 소리쳤다.

"뭐하는 건가!? 당장 비키게!"

"젠장……."

우사의 외침에도 장용성은 길을 비키지 않은 채로 서서 위를 올려다보았고, 그의 나지막한 욕지기에 우사와 오유하도 장용성의 시선을 따라 고개를 들었다.

그리고 그곳엔… 하얀 머리카락을 지닌 여인이 서 있었다.

여인을 발견한 오유하의 얼굴에 절망이 깃 들었다.

"백귀……."

정파 무림의 공포. 백귀의 등장이었다.

흑과 백의 조우

엎친 데 덮친 격이라. 비림의 살수들을 물리쳤으나 뒤이어 백귀가 나타났다.

'이곳은 관아다… 제 아무리 백귀라고 하더라도……'

장용성은 이곳이 관아라는 것을 떠올리며 뒤로 두어 걸음 물러섰고, 현령인 우사가 새로이 나타난 백귀를 향해 윽박질렀다.

"나는 난항의 현령, 우사다! 네가 누구인지, 어느 목적을 갖고 내 앞에 나타났는지는 알지 못하나 이곳을 공격하는 것은 곧 황실을 공격하는 것이다!"

우사의 외침에 백귀는 대답대신 허리춤에서 장도를 꺼내

들었다.

"들을 리가 없지."

장용성과 노진이 동시에 검을 뽑아들었고, 능소유는 감히 검을 쥐지도 못했다.

'이게 뭐야……'

능소유는 백귀의 몸에서 느껴지는 어마어마한 살기에 짓눌려 감히 움직일 수 없었다.

검을 쥐는 것은 물론이요 제대로 숨조차 쉴 수 없었다.

'도대체 어찌 인간의 몸으로 이런 살의를 갖고 있는 것이냐!'

백귀의 살기에 놀란 것은 비단 능소유 뿐이 아니었다. 제갈원준을 등에 업은 우사는 백귀의 살기에 온몸이 저릿저릿했다. 함부로 움직였다가는 죽는다. 죽음의 공포가 우사의 발목을 잡았다.

한편, 그의 등에 업혀 있던 제갈원준은 간신히 고개를 들어 백귀를 올려다보며 긴 한숨을 내쉰 후 말했다.

"내려…주시오……."

"자네 괜찮은가?"

"괜찮진 않습니다만… 이런다고 달라진 건 없습니다."

우사의 등에서 내려온 제갈원준은 고개를 들어 백귀를 응시하며 검을 쥐었다.

서 있는 것조차 힘겨웠지만, 별 수 있는가. 백귀가 나타난 이상 도망칠 곳은 없었다.

"이대로 끝날 줄은 몰랐는데……."

이곳에서 이렇게 끝을 맺게 될 줄은 몰랐다.

"하지만 이렇게 끝날 거라면……."

억울 하지라도 않게 싸우다 죽으리라.

제갈원준은 온 힘을 다해 검을 뽑아들곤 백귀를 응시했고, 그에게서 싸움의 의지를 엿본 백귀는 장도를 어깨 높이로 치켜들었다.

슥—!

백귀의 신형이 눈 깜박 할 사이에 사라졌다.

놀란 제갈원준이 힘껏 소리쳤다.

"피해!"

그의 경고가 무색하리만큼 엄청난 속도로 나타난 백귀의 장도는 오유하의 목을 향했다.

'아아…….'

백색의 빛을 보는 순간, 자신에게로 날아드는 기다란 장도를 보며 오유하는 저도 모르게 짧은 단말마를 내지르며 눈을 감았다. 도저히 막을 엄두가 나질 않았다.

툭—!

"아!"

어디선가 들려오는 발소리에 눈을 뜬 오유하는 방금까지만 해도 자신의 앞에 서 있던 백귀가 어느새 일행들의 뒤로 날아갔음을 깨달았다.

모두의 시선이 백귀에게로 향했고, 관아의 지붕 위에 올라선 백귀는 일행들 대신 관아의 정문을 노려보고 있었다.

죽음을 목전에 뒀었던 오유하와 장용성 그리고 제갈원준이 백귀의 시선을 따라 고개를 돌렸고, 그곳엔 한 사내가 서 있었다.

"안 늦었나 보네."

무덤덤한 목소리로 관아에 들어선 사내를 발견한 오유하의 눈이 저절로 커졌으며, 저절로 웃음이 나왔다.

사내를 발견한 제갈원준은 크게 소리치며 안도했다.

"살았다!"

"흠."

눈을 살짝 찡그리며 백귀를 올려다보던 사내는 고개를 갸웃거렸다.

"맞나… 아닌가?"

뭔가를 골똘히 고민하던 사내는 발을 튕겼다.

쫘앙—!

사내가 서 있던 자리가 움푹 패였고, 곧이어 관아의 지붕에서 엄청난 굉음이 들려왔다.

"허억!"

놀란 우사가 고개를 돌려 관아의 지붕을 돌아봤다. 그리고 그곳엔 관아의 지붕을 통째로 날려버린 사내가 아쉽다는 듯 주먹 쥔 손목을 한 바퀴 돌렸다.

"거의 닿았는데."

그의 손엔 찢어진 옷자락이 들려 있었다.

* * *

"하악… 하악!"

관아에서 빠져나온 백귀는 숨을 헐떡이며 우왁스럽게 찢어진 옷을 바라봤다.

엄청난 속도였다. 다가온다는 생각이 드는 순간, 사내의 손이 자신을 향해 뻗어져왔다.

간발의 차이로 사내의 손길을 피해낸 백귀는 뒤도 돌아보지 않고 관아를 빠져나왔다.

"하아아……."

홀로 산속에 숨어들어온 백귀는 들고 있던 장도를 떨어뜨리며 두 무릎을 꿇었다. 그녀는 양손으로 자신의 두 어깨를 감싸 쥐며 몸을 떨었다. 아무런 감정도 담겨있지 않던 백귀의 눈동자가 빠르게 흔들렸다.

"괜찮으십니까."

어디선가 흑의인들이 여럿 나타나 백귀를 에워쌌고, 그들의 등장에 백귀는 떨어뜨린 장도를 들어 올려 허리춤에 꽂아 넣었다.

"돌아간다."

자신의 곁으로 다가온 흑의인들과 함께 백귀는 어둠속으로 신형을 날렸다.

"괜찮냐."

"덕분에."

제갈원준은 자신의 옆에 앉아 있는 익숙한 얼굴을 보며 한숨을 내쉬었다.

"더 건강해진 것 같네… 태무선."

"덕분에."

"큭… 역시 사람은 빚을 만들어두고 봐야 한다니깐."

힘겹게 상체를 일으켜 세운 제갈원준은 적절한 시기에 나타난 태무선을 보고 있자니 모든 근심과 걱정이 사라지는 것만 같았다.

오 년 만에 나타난 태무선은 더 이상 검신에게 당해 생사를 오고가던 병약한 태무선이 아니었다.

오히려…….

'더욱 강해진 모양이군. 깨달음이라도 얻은 건가?'

언뜻 본 태무선의 무공은 과거보다 더 높은 곳에 위치해 있었다.

'당최 얼마나 더 강해질 런지…….'

그 끝을 알 수 없는 태무선의 강함에 질린 듯 고개를 절레절레 젓고 있던 제갈원준은 태무선의 부축을 받아 바깥으로 나왔다. 의원의 밖에서는 오유하와 장용성, 노진외에도 길음현과 당수아 그리고 남궁설도 함께 있었다. 별동대의 4조와 11조 그리고 12조가 한자리에 모인 것이다.

"그럼… 못 다한 이야기나 나눠볼까."

                    *　　*　　*

　"사악교의 오상천 중 한 명이 무선이에게 죽었단 말이
지?"

　"응."

　"잘됐네. 사악교의 주요전력 중 한 명을 죽였으니……."

　"너도 독랑제를 죽였다며? 대단한데?"

　길음현이 정말로 놀랐다는 얼굴로 감탄하자 제갈원준이
냉철한 얼굴로 손사래를 쳤다.

　"내가 죽인 것은 독랑제가 아니야."

　"하지만… 그 자가 자신이 당추월이라고 했다며?"

　"그를 흉내 내는 자였거나, 추종자 중 한 명일 테지."

　"그걸 어떻게 알아?"

　당수아의 물음에 제갈원준이 뻐근한 어깨를 주무르며 인
상을 찡그렸다.

　"그가 정말로 독랑제였으면, 난 그곳에서 죽었을 테니
까."

　제갈원준의 말에 당수아와 길음현은 아무런 말도 할 수
없었다.

　잠시 동안의 침묵 끝에 제갈원준이 입을 열었다.

　"그나저나 너는 왜 무림맹으로 가려는 거야?"

　제갈원준의 물음에 태무선이 태연하게 대답했다.

"맹주를 만나려고."

"맹주?"

"그래."

"만나서?"

"힘을 합쳐야지. 무림맹과 내 목적은 같으니깐."

맹주를 만나겠다는 태무선의 대답에 제갈원준이 곤란한 얼굴을 했다.

잠시 뭐라 말을 해야 할까 망설이던 제갈원준은 당수아와 길음현에게 잠시 자리를 내어달라고 말했다.

당수아와 길음현이 자리를 비켜주자 제갈원준이 조심스럽게 입을 열었다.

"마교와 무림맹의 힘을 합칠 생각이야?"

"안 그러면 사악교의 교주를 끄집어낼 수 없어."

"후… 지금은 조금 힘들어."

"어째서?"

"그게… 후… 맹주의 상태가 정상이 아니야. 정사대전의 패배로 인해서 반쯤 미쳐버렸거든."

제갈원준의 입에서 정사대전이 흘러나오자 태무선이 이번엔 태무선이 물었다.

"정사대전은 어떻게 된 거야? 사악교의 힘이 무림맹보다 강했던 건가?"

"비등했어. 아마도… 직접적으로 맞붙었다면 비등했을 테지. 하지만 사악교에서는 벽력탄을 썼어. 이를 미처 발견하지 못한 맹의 무인들은 벽력탄에 산산조각 났고, 그 사이에 맹주님이 사악교의 교주에게 패배했어."

"검신은 나타나지 않은 거야?"

"나타났어. 하지만 사악교와 싸우는 대신, 쓰러진 맹주님을 손에 안고 돌아왔어. 결과는 맹의 패배."

검신이 나타났음에도 무림맹이 패배했다. 도무지 이해할 수가 없는 상황이었다.

상대가 벽력탄을 쓴 것과는 별개로 검신이 사악교주를 어찌하지 못했다?

"흠."

복잡하게 생각하는 것은 귀찮았으니 태무선은 머리를 긁적이는 것으로 생각을 마쳤다.

"어떻게든 되겠지."

"참… 넌 태평해서 좋겠다. 크으!"

몸을 비틀던 제갈원준은 울컥거리며 끓어오르는 독기에 속을 게워낼 뻔했다.

헛구역질을 하며 고통스러워하던 제갈원준을 향해 태무선이 말했다.

"뭐하냐."

"독기 때문에 죽겠네……."

여전히 몸에 독기가 남아 있었던 제갈원준은 몸을 움찔거리며 고통스러워했다.

하지만 그의 고통쯤이야 죽지만 않으면 된다라고 여기는

태무선은 제갈원준의 고통에 찬 신음소리는 가볍게 무시하며 말을 건넸다.

"그나저나 그 여자는 누구야?"

"누구? 혹시 백귀를 말하는 거야?"

"그 흰머리."

"백귀가 맞네. 백귀는 비림의 살수들을 이끄는 우두머리야. 어느 순간 갑자기 나타나서 맹의 고수들을 도륙내고 있거든. 정체는 알 수 없고… 우리는 그냥 백귀라고 부르고 있어. 그런데 왜?"

"백귀라…….."

너무 짧은 순간이라 제대로 보지 못했다.

그러나 태무선은 백귀라 불리는 여인이 자신의 기억 속에 존재하는 한 꼬마와 닮아 있다 생각했다.

'은섬.'

마중혁에 의해 은섬이 비림으로 돌아가게 되었다고 전해 들은 지 무려 오년이란 세월이 흘렀다. 소녀가 여인이 되기엔 충분한 시간.

태무선은 아스라이 사라져 가는 기억의 단편들을 짜 맞추며 은섬의 얼굴을 떠올렸다.

"잘 지내고 있으려나."

은섬이라면 잘 지내고 있을 것이다 라고 태무선은 생각했다.

그 녀석이라면 잘 지낼 거라고.

* * *

"그동안 감사했습니다."

제갈원준과 별동대 무인들의 감사 인사에 난항의 현령, 우사가 손사래를 쳤다.

"내가 뭘 한 게 있다고 감사하다는 겐가. 오히려……."

우사의 시선이 태무선을 향하자 제갈원준이 가볍게 미소 지었다.

"혹시나 말씀드리는 거지만, 굳이 사악교나 비림을 자극 하지는 마십시오. 괜한 화를 당하실 수도 있습니다."

"설마 저들이 관의 사람을 건들겠는가."

"벌집을 쑤시면 제 목숨까지 버려가며 공격을 해오는 것 이 벌입니다. 굳이 들쑤시진 마십시오."

제갈원준의 목소리에서 묻어나오는 진중함에 우사는 고 개를 끄덕였다. 예부터 제갈가의 목소리를 무시해서 좋은 꼴을 본적이 없었기 때문이었다.

"이젠 돌아가는 겐가?"

"예. 그럼 건강하십시오."

우사와의 짧은 대화를 마친 제갈원준이 돌아서자 기다리 고 있던 당수아가 우사를 향해 조심스럽게 다가갔다.

"안녕하십니까. 저는… 사천당문의 여식 당수아라 합니 다."

"난항의 현령, 우사라고 하네."

"실은 현령께 부탁을 드리고 싶은 것이 있습니다."

당수아가 품속에서 작은 지도를 건네주었다.

커다란 지도를 자른 듯한 작은 지도에는 붉은색 점으로 표식이 새겨져 있었다.

"이게 뭔가?"

우사의 물음에 당수아가 떨림이 섞인 목소리로 말했다.

"이곳엔 저의 오라버니와 무림맹의 젊은 무인들이 묻혀 있습니다. 괜찮으시다면……."

말을 이어가는 당수아의 목소리의 떨림이 점점 심해지자 우사가 그녀의 어깨를 두드리며 고개를 끄덕였다.

"그 정도라면 내게 맡기게."

"감사합니다."

고개를 푹 숙이며 감사를 전한 당수아가 돌아오자 그녀를 기다리고 있던 제갈원준이 일행들을 크게 돌아보며 경쾌한 목소리로 말했다.

"출발하자!"

"이곳으로 들어가면 무림맹이야. 하지만 정말로 괜찮겠어?"

제갈원준은 조심스레 물었고, 태무선은 태연하게 고개를 끄덕였다.

뭐가 문제냐는 듯한 얼굴이었다.

216

적진의 한가운데라고 할 수 있는 곳이며, 자신을 죽음 직전까지 내몰았던 무림맹주가 있는 곳임에도 아무런 걱정이 없는 듯한 태무선을 보며 제갈원준은 짧은 숨을 내쉬었다.

"너는 참 좋겠어. 걱정이란 게 없는 듯하니."

무림맹이 숨죽이고 있는 이 산의 이름은 천리봉(天理峰).

하늘이 다스리는 봉우리라는 이름답게 천리봉은 아득히 높은 곳에 위치해 있었으며, 그 주변에는 구름 같은 안개가 드리워져 있었다.

능숙한 발걸음으로 천리봉을 오르기 시작하는 제갈원준을 따라 태무선과 나머지 별동대의 무인들이 산을 올랐다.

천리봉의 중턱에 올랐을 때 거친 고함성이 들려왔다.

"멈춰라!"

어디선가 들려오는 고함소리에 제갈원준이 자리에 멈춰서서 품속에서 금패를 꺼내보였다.

맹주의 명을 받들어 움직이는 별동대의 신원을 나타나는 금패.

이를 확인한 다섯 명의 무인들이 아무런 인기척도 느껴지지 않는 수풀에서 모습을 드러냈다.

"설마… 제갈원준인가?"

"오랜만입니다."

"살아 있었군. 나머지도 함께 왔는가?"

돌아온 별동대의 무인들을 눈으로 헤아리던 중년인은 중원 곳곳으로 나섰던 별동대가 천리봉으로 무사히 돌아오자 꽤나 기쁜 얼굴이었다.

"맹주님은 안에 계십니까? 보고를 드릴 것도 있고 해서……."

"맹주님은… 아직 그곳에 계신다."

제갈원준의 물음에 답을 하는 중년인의 얼굴에는 먹구름이 끼어 있는 듯 어두웠다. 그의 생각을 아는지 제갈원준은 고개를 끄덕이며 중년인이 비켜준 길을 따라 올라갔다.

깎아 지르는 듯한 언덕길을 따라 천리봉의 끝자락에 올라서자 세상이 모두 하얗게 변해갔다.

마치 무간지각에 들어온 듯한 느낌이 들자 태무선은 주변을 두리번거렸다.

"이것도 진법인가?"

태무선의 물음에 제갈원준이 자신들을 에워싼 안개구름을 손으로 부드럽게 날리며 말했다.

"아니, 자연적으로 생긴 안개야. 이 운무들이 천리봉을 가리고 있기 때문에 천리봉은 예부터 적의 침입을 막는 데에 능해서 천혜의 절경을 가진 절경지임과 동시에 천혜의 요새라 불리거든."

"요새라… 그래서 이곳에 터를 잡은 건가?"

"그런 셈이지."

운무를 뚫고 천리봉의 끝자락에 다다른 제갈원준은 마치

성벽처럼 높다랗게 솟아난 장벽으로 다가가 금패를 들어 올렸다.

"별동대 4조의 조장, 제갈원준입니다."

"무사했군!"

제갈원준을 알아본 맹의 무인들이 굳게 닫혀 있던 문을 열어주었다.

그 안으로 들어간 태무선은 천리봉의 정상에 지어진 널따란 장원을 발견했다.

"꽤 넓은 장원이 있네."

천리봉의 정상에는 넓은 장원이 존재했고, 그곳엔 분주히 움직이고 있는 무림맹의 무인들이 존재했다. 그들은 저마다의 임무를 가지고 열심히 몸을 움직이고 있었다.

"맹주님은 이쪽으로 가야 해."

제갈원준은 나머지 일행들은 쉴 수 있도록 한 뒤 태무선을 데리고 장원을 돌아 천리봉의 외곽에 위치한 별림을 향해 걸어갔다.

한편, 별동대가 돌아왔다는 소식을 전해들은 남궁수호는 멀리서 제갈원준과 함께 별림으로 걸어가고 있는 사내를 발견했다.

"저자는……!?"

어떻게 잊을 수 있겠는가.

벌써 오년이란 세월이 흘렀지만 절대로 잊을 수 없는 얼굴이 별림을 향해 걷고 있었고, 이를 발견한 남궁수호는 허리춤에 꽂혀 있는 검의 손잡이를 움켜쥐었다.

허나 남궁수호는 검을 뽑지 못했다.

"제길! 저놈이 살아 있었다니……."

죽은 줄 알았던 태무선의 등장에 남궁수호는 검을 쥐었지만 뽑진 못했다. 과거나 지금이나 남궁수호는 태무선에게서 크기를 가늠할 수 없는 공포를 느꼈다.

"……나 혼자선 무리다."

예전에도 자신을 압도하는 무공을 가진 태무선이, 오년이나 지난 지금 더 강해졌음은 불 보듯 뻔한 일이었다.

자신만의 힘으로는 이길 수 없음을 인정한 남궁수호는 신형을 돌렸다.

그가 향한 곳은 무림맹의 한편에 지어진 작은 기와집이었다.

정문을 넘어 기와집으로 들어선 남궁수호는 대청마루에 앉아 있는 외팔이의 남자에게로 다가가 말했다.

"그 자가 살아 있었소."

"그…자?"

외팔이의 남자가 고개를 들어 그게 무슨 뜻이냐는 듯한 표정을 짓자 남궁수호가 답답하다는 듯 말했다.

"마교의 교주 말이오!"

"태무선?"

"그렇소! 그가 살아 있었소! 지금은 맹주님이 계신 별림으로 향하고 있소. 시간이 없단 말이오!"

남궁수호의 말을 전해들은 외팔이의 남자는 자신의 옆에 뉘여 있던 자신의 검을 손에 쥐었다.

자리에 일어선 남자는 별림으로 고개를 돌리며 말했다.

"가지."

* * *

"흠."

별림으로 들어선 태무선은 별림 곳곳에 만들어져있는 목비(木碑)를 발견했다.

소소하게 만들어진 흙무덤과 이들의 앞에 세워진 목비에는 무덤의 주인에 대한 이름과 나이 등의 신원이 적혀 있었다.

수십, 수백 개의 무덤을 가로질러가던 태무선은 앞서가던 제갈원준이 제자리에 멈춰 서자 발걸음을 멈추었다.

"이제부터는 출입이 금지되어 있어서 나는 갈 수 없어."

제갈원준이 신형을 비켜주자 태무선이 고개를 끄덕이며 앞으로 나아갔다. 금지되어 있는 건 맹의 사람이지 태무선이 아니었기에.

제갈원준은 자신을 지나쳐가는 태무선을 향해 넌지시 말했다.

"지금의 맹주님은 과거에 네가 알고 있던 그 분이 아니야. 부디……."

"알았어."

여전히 많이 남은 목비들을 지나쳐 앞으로 나아간 태무선은 굳게 닫혀 있는 나무 문을 열고 안으로 들어갔다.

다행히 나무 문은 잠겨있지 않았고, 문을 열고 들어간 그곳에선 새 목비에 붓으로 이름을 적고 있는 한 사내를 발견할 수 있었다.

머리는 산발이오, 몇 주 동안은 씻지 않은 듯 꾀죄죄한 몰골의 남자.

익숙한 듯 먹을 묻힌 붓으로 목비에 이름을 적어 내려가던 남자는 이름을 새긴 후 목비를 내려놓고 새로운 목비를 손에 쥐었다.

"정사대전에서 목숨을 잃은 맹의 무인들의 이름이 새겨진 목비일세. 생사를 헤아리고 명부를 만드는 데에만 무려 삼 년이 걸렸지."

태무선의 시선이 남자의 앞에 쌓여 있는 목비들을 응시했다.

이미 바깥에선 수많은 목비와 흙무덤이 존재했지만, 이는 일부일 뿐이었다. 여전히 남자가 새겨 넣어야 할 고인(故人)들의 이름은 여전히 많이 남아 있었다.

"죽은 이들의 칠할 이상이 검조차 제대로 휘둘러보지 못하고 죽었다. 이곳에 있는 무덤들 중 시신이 들어 있는 무덤은 거의 없어. 시신조차 수습하지 못한 채 복날의 개처럼 도망쳤기 때문이지."

목비에 붓 칠을 하고 있던 남자는 완성된 목비를 내려놓은 후 시선을 돌려 태무선을 마주했다.

"나를 비웃으러 왔는가."

산발머리의 사내. 구황천을 마주한 태무선은 그의 눈빛에선 아무런 빛도 느껴볼 수 없었다.

마치 어둠이 내려앉은 듯 구황천의 눈동자에서는 빛이 존재하지 않았다.

"아니."

"그럼 왜 왔는가. 마교를 망하게 만든 무림맹이 정사대전에 패배했다는 소식을 듣고는 구경이라도 하러 온 건가?"

"원래는 손을 잡자는 말을 하려고 했다. 하지만 꼴을 보아하니 그러진 못할 것 같군."

"하하… 하하하!"

뭐가 그리 우스웠는지 구황천은 마치 광인처럼 웃어제낀 후, 조소가 가득히 담긴 얼굴로 태무선을 응시했다.

"마교를 그 모양 그 꼴로 만들어놓고… 너를 거의 죽일 뻔한 무림맹에게 힘을 합하자는 말을 하려고 왔다고? 내가 그 말을 믿을 것 같으냐?"

"믿고 안믿 고는 내 알바 아니고. 맹주가 이 꼴이면 무림맹도 더 볼 것 없을 것 같군."

"네가 뭘 안다고 떠드는 거야!"

격분하며 일어선 구황천은 맨발로 태무선에게 걸어와 마

주셨다.

"정사대전에서 무림맹의 승리는 당연했다! 그 새끼들이 비열하게 벽력탄을 쓰지만 않았다면! 맹의 정예들이 이렇게 쉬이 당하진 않았겠지!"

"그래서?"

"뭐…? 아… 네놈도 흑도 무림의 대표격인 마교의 교주라서 그런지 사악교의 비열하고 얄팍한 수를 이해할 수 있는 모양이군."

"무림맹은 패배했어. 하지만 졌으나 죽은 것은 아니니 다시 맞서 싸울 생각을 해야지."

"다시 싸우라고? 그 새끼들이 또다시 벽력탄을 들고 와서 덤벼들면 우린 절대로 이길 수 없어… 애초에 사악교의 힘을 너 같은 멍청하고 무식한 놈이 이해할 수 있는 수준이 아니란 말이다!"

구황천의 외침에도 태무선은 눈 하나 깜박이지 않았다. 오히려 한심스럽다는 얼굴로 구황천을 바라봤다.

마치 자신을 내려다보는듯한 태무선을 향해 구황천이 손을 뻗어 멱살을 움켜쥐었다.

"망해버린 마교의 교주 따위가… 모든 것을 잃어버린 나의 마음과 심정을 어찌 이해할 수 있겠느냐."

"네가 이곳에서 목비에 이름을 적으며 징징대고 있을 때, 별동대의 어린 무인들은 자신들의 목숨을 내던져가며 무너진 개방 대신에 사악교에 대한 정보를 모으고 있었다."

태무선이 자신의 멱살을 쥐고 있는 구황천의 손목을 움켜쥐었다.

우드드득―!

형언할 수 없을 만큼 강력한 태무선의 힘에 구황천은 힘도 제대로 쓰지 못한 채 태무선의 옷깃을 놓아야 했다.

"네가 같잖은 슬픔에 잠겨 이곳에 틀어박혀 있을 때, 죽음을 각오한 채 싸우려는 이들이 있었다는 말이다."

"나는… 나는……."

구황천이 말을 더듬었고, 태무선은 차가운 목소리로 말했다.

"검을 쥐어본 게 언제지?"

"검을……."

태무선의 물음에 구황천은 저도 모르게 고개를 돌려 벽에 쓰러진 듯 세워져있는 자신의 천명검을 바라봤다. 아주 오랫동안 건들지 않은 듯 천명검엔 먼지가 높이 쌓여 있었다.

언제 검을 쥐었는지조차 기억이 나질 않았다.

"나는 네가 필요한 게 아니야. 싸우려는 의지를 가진 맹의 무인들이 필요한 거지."

"……사악교는 이길 수 없어."

"쯧."

태무선은 구황천의 팔을 거칠게 놓아주었다. 그에게선 더 이상의 희망을 찾아볼 수 없었기 때문이었다.

그런데 그때 닫혀 있던 나무문이 거칠게 열리며 외팔이의 남자가 하나밖에 남지 않은 팔로 검을 든 채 맹의 무인들과 함께 별림에 나타났다.

"태무선!"

중년 남자의 외침에 신형을 돌린 태무선은 외팔의 남자와 그를 따르는 수많은 맹의 무인들을 발견했다.

"맹주님, 괜찮으십니까?"

중년인의 물음에 구황천은 아무런 대답도 하지 않았다.

그러나 그의 몸에서 아무런 상처도 보이지 않자 구황천이 무사함을 확인한 중년인은 태무선을 향해 검을 겨누며 말했다.

"사악한 마교의 교주가 이곳엔 왜 온 것이냐!"

"제 발로 무림맹을 찾아들어오다니…! 오늘에야말로 네 제삿날이 될 것이다!"

외팔의 중년인의 뒤에서 나타난 남궁수호가 태무선을 검으로 겨눈 채로 소리 질렀다.

"저자를 당장 포위하라!"

맹의 무인들이 태무선을 에워쌌다.

비록 정사대전에서 패해 망해버린 무림맹이라고 하더라도 여전히 많은 무인들이 맹을 지탱했다.

강렬한 투기를 발산하는 맹의 무인들이 태무선을 에워싸자 구황천이 힘없이 웃었다.

"흐흐… 이것보아라. 네가 하려는 짓이 바로 이것이다.

무모하고 어리석기 그지없지… 네놈이 아무리 강하다고 한들 무림맹을 홀로 상대 할 수 있을 것 같으냐."

구황천은 무림맹의 무인들에게 둘러싸인 태무선이 마치 자신을 보는 것 같았다.

태무선은 자신을 포함한 무림맹이요, 그를 둘러싼 무림맹의 무인들은 사악교를 비췄다.

다가오는 해일에 대항하려는 어리석은 사내. 구황천은 자조 섞인 웃음을 흘리며 어깨를 늘어뜨렸다.

"지금이라도 돌아가라 그러면 목숨은……."

"귀찮으니깐. 한 번에 덤벼."

귓가를 울리는 태무선의 목소리에 구황천이 멍한 얼굴로 고개를 들어올렸다. 그곳엔 한 사내가 무림맹의 무인들을 향해 투기를 끌어올리고 있었다.

홀로 서 있는 그 남자에게선 아무런 두려움도 찾아볼 수 없었다. 오히려 자신을 위협하는 수많은 적들을 향해 자신의 송곳니를 드러냈다.

'왜?'

구황천은 이해할 수 없었다. 누가 봐도 승패는 뻔했다.

태무선이 제 아무리 강하다고 한들 무림맹 전체를 상대로는 이길 수 없으리라.

만약 싸우게 된다면 이곳은 자신의 무덤이 될 것이 뻔했다.

그런데도 태무선은 물러서지도, 도망치지도 않았다.

구구구구——!

태무선이 서 있는 땅이 거칠게 진동하기 시작했고, 그에게서 뿜어져 나오는 거대한 투기는 태무선을 마주한 맹의 무인들을 움츠러들게 만들었다.

꿀꺽!

맹의 무인들은 마른침을 삼키며 누구나 제대로 나서질 못했다.

상대는 단 한명이었다. 그러나 무인들의 머릿속에는 단 한가지의 생각이 깃 들었다.

먼저 나서는 자는 필사(必死)한다!

"안 오면 내가 먼저가고."

맹의 무인들이 섣불리 움직이지 못하자 태무선이 발걸음을 내디뎠다.

물러섬이란 존재하지 않는 투신의 무퇴진일보.

쿵!

대지가 울림과 동시에 태무선의 양 손에서 거대한 회오리가 몰아쳤고, 이를 부릅뜬 눈으로 지켜보던 구황천이 급히 소리쳤다.

"그만!"

구황천의 외침에 태무선이 발걸음을 멈추어 뒤를 돌아보았다. 그곳엔 희미한 빛을 내는 구황천이 서 있었다.

"얘기를… 들어보지."

구황천의 두 눈동자에서 옅은 빛을 발견한 태무선은 투

기를 거두며 어깨를 으쓱였다.

"그래."

* * *

별림에 위치한 구황천의 처소에 그와 함께 마주앉은 태무선은 조용한 적막 속에서 구황천이 입을 열기만을 기다렸다.

한참동안 침묵을 지키던 구황천은 복잡한 눈빛으로 찻잔에 손을 올렸다.

"마교의 교주인 네가… 사악교와 싸우려는 이유가 뭐지?"

구황천의 물음에 태무선은 별 망설임 없이 대답했다.

"내 사람 두 명이 사악교에 있거든."

망해버린 무림맹엔 관심이 없다. 내가 원하는 건 천하다! 라는 대답이라도 기다렸던 걸까.

태연자약하게 두 사람을 위해서라고 말하는 태무선을 보며 구황천의 머릿속은 더욱 복잡해졌다.

"겨우 사람 두 명을 되찾자고 사악교와 싸우려는 건가?"

"그래, 맞아."

어이가 없어서 실소조차 나오질 않았다.

그 누가 고작 두 사람을 되찾자고 중원 무림을 거머쥔 사악교와 싸우려 하겠는가.

도무지 무슨 생각을 하는지 종잡을 수 없는 태무선을 향해 구황천이 다물었던 입을 열었다.

"……정사대전에 승리한 사악교는 어떻게 알아차렸는지 개방을 차례대로 쓸어버린 후 중원 무림을 집어삼키며 세를 불렸어. 게다가… 사악교주인 구황경은 과거 일월신교의 비전무공인 흡성대법을 완성시켜 엄청난 무공을 손에 넣었지."

고개를 끄덕이던 태무선의 고갯짓이 멈추었다. 사악교주의 이름이 왜인지 익숙했기 때문이었다.

이런 태무선의 의아함을 알아차린 걸까. 잠시 망설이던 구황천이 말을 이었다.

"현 사악교의 교주 구황경은… 내 형이다."

"그건 예상 못했네. 형제끼리는 왜 싸운 거야?"

"간단해. 구황경은 어렸을 적부터 무공을 익힐 수 없을 만큼 약한 몸으로 태어났어. 당연히 내 아버지와 할아버지는 구황경을 보며 실망할 수밖에 없었지. 그러던 중 내가 태어난 거야."

짧고 간결한 설명이었지만, 태무선은 대충 상황이 어떻게 돌아가는지 알 것만 같았다.

"뭐 시기와 질투로 인한 형제간의 싸움 같은 건가?"

"맞다고 할 수는 없지만, 아니라고도 할 순 없겠지. 어쨌든 구황경이 내 자리를 탐낸 것은 사실이니까."

말을 마친 구황천이 태무선의 눈치를 살폈다.

하지만 구황경의 얘기를 전해들은 태무선은 별 생각이 없는 듯 아무런 표정의 변화도 보이지 않았다.

이를 의아하게 여긴 구황천이 태무선을 향해 묻어두려던 얘기를 꺼냈다.

"나를 무너뜨리자면 지금이 기회다. 사악교주와 나 사이의 진실을 무림맹에 밝힌다면… 난……."

"내가 왜?"

자신이 왜 그래야 하는지 모르겠다는 듯한 태무선의 모습에 오히려 구황천이 당황해했다.

"난 널 죽음 직전까지 몰고 갔다. 너를 죽이려던 사람이야… 그런데 내게 아무런 악감정도 들지 않는다는 거냐?"

"어쨌든 넌 날 죽이지 못했어. 그리고 지금은 무림맹의 힘이 필요한 상황이고, 내가 널 죽여서 얻어갈 이득도 없는데 그런 귀찮은 짓을 왜 해?"

그동안의 자신이 저지른 모든 일들이 귀찮다는 일들로 무마되자 구황천은 황당함에 헛웃음이 튀어나왔다.

'도대체 이 자는…….'

자신이 당한만큼 갚아주고 싶어 하는 게 일반적인 사람의 생각이질 않은가.

게다가 자신을 죽이려던 사람이 눈앞에 놓여 있거늘, 태무선은 별 생각이 없어보였다.

'아니면 지금의 나는 죽일 가치도 없다는 건가.'

생각이 여까지 미치자 입맛이 쓰게 느껴졌다.

한때나마 차기 검신의 후보라고도 불리던 자신이 어쩌다 이렇게 망가진 걸까.

구황천은 자신의 앞에 앉아 있는 태무선은 아래에서 위로 올려다보았다.

'이 자에게선 두려움을 느껴볼 수 없다. 그렇다고 무모하다 할 수도 없으니. 과연 투신의 제자라는 건가.'

싸움 속에서 삶의 의미를 찾는 자. 싸움 속에서 피어나 싸움 속에서 지는 자.

과거 검신이라 불리던 구황목이 자신에게 해줬던 얘기였다.

투신이란 자신이 만나본 무인들 중 가장 무인(武人)에 가까운 존재였다고.

"내게 화가 나질 않는 건가."

태무선은 구황천이 계속해서 시덥잖은 얘기들을 늘어놓자 괜시리 짜증이 났다.

지금이라도 힘을 합쳐 사악교를 무너뜨리고 사강목과 은섬을 되찾아야 했다. 이런 잡다한 얘기나 나누고 있을 때가 아니었다.

"시덥잖은 얘기는 그만하고 무림맹이 모을 수 있는 무인들의 숫자나 세력에 대해서나 말해봐."

태무선이 귀를 후비며 물어오자 구황천이 탁자의 아래쪽에서 지도를 꺼내어 올렸다.

그 지도는 신묘하게도 중원 곳곳에 위치한 명문세가와

문파들의 위치가 적혀 있었다.

그런데 특이하게도 대부분의 문파와 세가들의 이름 옆에는 봉(封)이라는 글자가 적혀 있었다.

"지금 가장 시급한 문제는 봉문을 한 문파와 세가들을 확보하는 거야."

구황천의 손가락을 따라 태무선의 시선이 지도 위를 훑기 시작했다.

"봉문(封門)."

잊고 있던 것

"왜 저들을 내버려두고 있는 것이오?"

대뜸 자신을 찾아온 맹우가 던진 첫마디였다.

구황경은 게슴츠레하게 뜬 눈으로 맹우를 바라봤다.

사악교의 삼존 중 한명인 맹우가 자신을 찾아와 따져 묻는 이유는 단순했다.

봉문을 자처하고 문을 걸어 잠근 정파의 명문세가와 문파들을 구황경이 가만히 내버려두고 있었기 때문이었다.

"내게 궁금한 것은 그게 전부더냐."

구황경의 물음에 맹우가 고개를 끄덕였다.

"봉문을 한 세가와 문파들을 가만히 놔두는 이유라……."

몸을 기대고 있던 황금 옥좌에서 몸을 일으킨 구황경은 계단을 따라 내려가 맹우와 마주섰다.

크기는 맹우가 훨씬 더 컸지만, 구황경의 몸에서 은연중에서 뿜어져 나온 위압감은 맹우를 압도했다.

'교주의 힘이 이 정도였나?'

맹우는 저도 모르게 마른침을 삼켰다.

사악교주의 힘이 자신이 상상하는 것 이상으로 강하다는 것을 본능적으로 깨달은 것이다.

"내가 너를 거두고 사악교의 삼존 중 한명으로 우대한 것은 네가 그만큼의 가치가 있었기 때문이었다. 너는 나의 둔기로써 나를 가로막는 것들을 쳐부수는 역할을 해 주었지."

"지금··· 그 둔기를 쓸 때가 되었소. 문을 걸어 잠그는 것으로 자신들이 안전하다고 믿고 있는 정파의 우매한 명문세가와 문파들을 쳐부수는 것! 그것이··· 나의 역할이오."

"그래, 네 역할은 내가 부수라는 것을 부수는 둔기다. 그러니······."

사악교주의 두 눈동자가 혈빛으로 빛을 냈다.

"그 이상을 넘보지 마라."

단 한마디의 말과 단 한번의 손짓. 맹우는 자신도 모르게 한쪽 무릎을 꿇었다.

물론, 그의 의지가 아니었다.

'어떻게!?'

사악교에서 무공을 제외한 단순한 완력으로는 자신이 제일이라고 여기던 맹우였다.

그런 그가 교주의 손짓 한번에 한쪽 무릎을 꿇고 고개를 숙였다. 완력에서조차 교주에게 밀린 것이다.

"끄윽……!"

맹우가 자신의 왼손으로 무릎을 짚은 후 몸을 천천히 일으켜 세웠다.

그의 두 다리가 지면을 뚫고 들어갔고, 맹우의 주변으로 거미줄 같은 실금이 쩌적— 소리를 내며 갈라졌다.

"나는 아직 네가 일어서는 것을 허락하지 않았다."

"컥!"

이번엔 맹우의 두 무릎이 땅에 박혀 들어갔다.

자신의 의지와는 상관없이 움직이는 몸. 마치 거대한 손길이 자신의 온 몸을 짓누르고 있는 듯한 느낌이었다.

"이번이 마지막이다."

구황경의 손길이 맹우의 머리에 닿았다.

"내가 널 살려주는 이유는 네가 아직 쓸모가 있기 때문이다. 그러니, 나를 시험하려 들지 마라. 널 대체할 수 있는 존자는 내게 아직 많이 남아 있으니."

"알겠…습니다."

이 말을 끝으로 구황경은 높다란 옥좌로 걸어올라가 자리에 앉았으며, 자유의 몸이 된 맹우는 덜덜 떨리는 몸을 일으켜 고개를 숙인 뒤 신형을 돌려 자리를 벗어났다.

"아직은 아니야."

홀로 남겨진 구황경은 한쪽 손으로 턱을 괸체 눈을 감았다.

"아직은……."

* * *

'세력을 넓혀 봉문을 한 명문세가와 문파들을 설득해야 해.'

무림맹이 과거의 힘을 조금이라도 되찾기 위해서는 봉문을 한 세가와 문파들을 설득하여 닫힌 문을 열어야 했다.

생각보다 무림맹의 힘을 빌리기엔 해야 할 것들이 너무 많이 남아 있었다.

"생각보다 더 귀찮아졌네."

귀찮아질거라고는 예상했지만 이건 생각보다 더 귀찮았다.

구황천이 원하는 세가와 문파들은 중원 곳곳에 존재했으며, 그들을 설득하기 위해서는 중원 무림을 팔할이상 점령하고있는 사악교를 몰아내야 했다.

"아아… 교주도 할 게 못되는구만."

투신의 제자노릇으로도 세상살이가 벅찬데 마교의 교주까지 하려니 귀찮은 게 이만저만이 아니었다.

별림을 빠져나가며 투덜거리던 태무선은 자신을 기다리

고 있던 외팔의 남자를 발견했다.

그는 벽에 몸을 기대고 있었는데, 꽤 오랫동안 자리를 지키고 있던것처럼 보였다.

"팔한짝은 어디갖다 팔아먹었어?"

태무선의 비어 있는 오른팔을 응시하며 묻자 남자는 씁쓸하게 웃으며 허전한 자신의 오른팔을 내려다보았다.

"방심의 대가치고는 꽤 싸게 먹힌셈이지."

"하긴, 죽은 건 아니니까."

방심의 대가로 팔 한짝을 잃었다는 중년인의 말.

사실 싼 편은 아니었다. 그는 검술의 고수였고, 수십 년간 오른손으로 검을 휘둘러왔으니 오른손을 잃은 건 자신의 평생을 다바친 검술을 대부분 잃어버린 셈이나 마찬가지였다.

"상대가 강했던 모양이야?"

"아주 강한 검사였다."

태무선은 자신의 앞에 선 중년인이 평범한 무인이 아님을 잘 알고 있었다.

기억력이 제갈원준만큼은 아니었지만, 무림오강 중 한명인 천기단주 혁우운의 얼굴을 잊을 정도는 아니었다.

"굳이 나를 기다린건 팔 한짝 잃어버린 이야기를 하기 위해서는 아닐테고……."

"네 얼굴을 보려 왔다."

"내 얼굴?"

"그래… 보아하니 걱정할 필요는 없어 보이는 군."

"그럼 용건이 없으면 난 간다."

태무선이 손을 휘적이며 떠나가자 혁우운은 길을 비켜주었다.

'아무렇지 않은건가.'

구황천과 마찬가지로 혁우운은 태무선이 자신들에게 아무런 악감정도 내비추지 않는 것을 보며 꽤나 놀라는 중이었다.

'목적을 위해서라면… 자신의 원수도 이해하고 받아드릴 수 있는 포용력…….'

혁우운은 태무선이란 사내가 자신이 생각하는 것 이상의 존재임을 느꼈다.

"그에 반해 나는…….'"

혁우운은 자신의 왼손으로 텅 빈 오른쪽 소매를 움켜쥐었다.

천기단주 혁우운. 무림맹주를 지키는 것이 천기단의 임무이자 천기단주인 그의 임무였다.

사악교주와 마주한 구황천이 수세에 몰리는 것을 발견한 혁우운은 재빨리 구황천을 도우려 움직였다.

하지만, 그의 앞을 가로막는 이가 있었다.

인간 따위는 단칼에 두 동강 낼 수 있을 만큼 거대한 대검을 손에 쥔 남자.

생각이나 감정을 읽을 수 없는 얼굴을 한 남자는 혁우운의 앞에 나타나 이렇게 말했다.

"네가 천기단주인가?"

그는 하나의 질문을 던졌고, 혁우운은 짧게 대답했다.

"그래."

혁우운은 이 남자와 싸울 시간이 없었다. 어떻게든 빨리 맹주를 도와야 했다.

그래서일까, 혁우운은 그답지 않게 조급히 움직였고, 대검을 든 남자와 검을 맞댔다.

깡—!

혁우운의 검과 남자의 대검이 마주치는 순간, 혁우운의 눈이 커졌다.

'이 남자… 강하다!'

무림오강. 천기단의 단주.

충분히 오만할 수 있는 자리에 있음에도 혁우운은 무공 단련을 게을리 한 적이 없었고, 그의 재능과 노력은 대적할 수 있는 자가 거의 없는 무림오강의 자리에 올려주었다.

그러나 남자의 대검은 그 크기만큼이나 엄청난 힘을 지니고 있었다.

게다가 더욱 놀라운 것은 바로 속도!

'빨라!'

크기가 거대하고 형언할 수 없을 만큼 강대한 힘이 담겨 있는 대검은 혁우운이 지닌 검만큼이나 빨랐다.

공기가 갈라지다 못해 찢겨지는 소리가 연달아 들려오며 혁우운을 압박했다.

 하지만 혁우운 역시 천기단의 단주답게 대검을 든 남자의 공격을 능숙하게 받아내며 그와 겨루었다.

 둘의 공방은 치열하게 이뤄졌고, 감히 그 누구도 두 남자의 생사투에 끼어 들 수 없었다.

 다가서는 것만으로도 둘의 싸움으로 인해 갈라져 나온 검기에 살갗이 베였기 때문이었다.

 '짧은 시간 안에 이길 수 있는 상대가 아니다!'

 혁우운은 최대한 빨리 남자를 쓰러뜨리려 했으나, 둘의 실력은 거의 완벽하리만큼 동등했다.

 결착은 쉬이 지어지지 않았다. 대등한 만큼 두 무인은 틈을 보이지 않았다.

 그러나 예상치 못한 순간, 혁우운의 시야에 구황천의 모습이 들어왔다.

 사악교주에 의해 쓰러진 맹주의 모습이.

 '안 돼… 맹주님이!'

 천기단주인 혁우운의 시선이 구황천에게 이끌리는 순간, 기회를 잡은 대검의 남자가 몸을 움직였다.

 '아차!'

 자신의 실수를 깨달은 혁우운이었지만, 둘의 실력이 동등한 만큼 한순간의 방심은 큰 화를 불렀다.

 콰드드득—!!

급히 들어 올린 혁우운의 검은 남자의 공격을 완벽히 방어해내지 못했고, 그의 대검은 무참히 베어 들어와 혁우운의 오른팔을 어깨 아래까지 잘라냈다.

피가 튀어 오르고, 검을 쥐고 있던 오른팔에서 아무런 감각도 느껴지지 않았다.

"큭!"

급히 물러서며 어깨에 손을 얹은 혁우운은 본능적으로 피가 쏟아져 나오는 오른쪽 어깨의 혈도를 점혈하여 지혈했다.

피는 어느 정도 멎었으나 문제는 검과 팔을 잃었다.

"한심하군. 이게 무림맹 천기단의 힘인가?"

남자는 무심하게 말했고, 혁우운은 손을 아래로 뻗었다. 쓰러져있는 그의 검이 혁우운의 왼손으로 빨려 들어갔다.

"싸울 생각인가?"

남자의 물음에 혁우운이 이를 악문채로 내공을 끌어올렸다.

하지만 남자는 혁우운과 결착을 짓지 않았다. 그저 대검을 어깨에 걸친 후 사악교주와 구황천이 있는 곳을 향해 신형을 돌렸다.

"이놈! 네 상대는 나다!"

혁우운의 외침에 남자는 혁우운을 위아래로 훑으며 고개를 저었다.

"아니. 넌 더 이상 내 상대가 될 수 없다."

이 말을 끝으로 남자는 돌아서며 몸을 날렸고, 뒤이어 천기단의 무인들이 혁우운에게로 다가와 그를 부축했다.

그리고 정사대전으로부터 삼년이란 세월이 흘렀다.
오른팔을 잃은 혁우운은 천기단주의 자리를 내려놓았다.
"내가 마교의 교주를 보고 배움을 얻을 줄은……."
혁우운의 왼손이 자신의 검을 쓰다듬었다.

＊　＊　＊

"건강해 보이는구나."
익숙한 목소리가 들려오자 태무선의 얼굴에 쌍심지가 돋아났다.
태무선은 매서운 눈빛으로 숲길을 노려보았고, 그곳엔 한 노인이 서 있었다.
"나를 죽일 듯이 노려보는 것을 보아하니, 기력도 되찾은 것 같고."
"이젠 당신 차례입니까?"
"그런 셈이지."
"후… 무림맹을 오는 게 아니었는데… 한번에 찾아오면 안 되는 겁니까? 무슨 관문도 아니고 한명씩 나타나는 건 또 뭐야."

투덜거리는 태무선을 향해 인자한 미소를 지으며 다가온 노인, 구황목은 형형한 빛을 내는 눈동자로 태무선을 위아래로 훑었다.

"분명, 나는 네가 더 이상 자라지 못하도록 확실히 베어 놓았다."

"운이 좋았습니다."

"운이라… 네 회복에는 내가 모르는 비밀들이 많은 것 같구나. 아무래도 투령무일체의 힘이겠지."

태무선은 어깨를 으쓱였다.

"그나저나 할아범께서는 제게 무슨 일이십니까?"

"내가 잘라놓았던 투신의 핏줄이 무림맹을 찾아왔다고 하니, 어찌 보러오지 않을 수 있겠느냐. 그러니 이 늙은이와 잠시 산책을 즐겨보지 않겠느냐."

싫다라는 말이 목구멍까지 치솟았다. 그래서 태무선은 지체 없이 말했다.

"싫습니다. 저는 바쁘니 이만."

검신의 제안을 단칼에 거절할 수 있는 자가 이 중원에 몇이나 될까.

그 몇 안 되는 사람 중 한명이었던 태무선은 고개를 살짝 숙인 뒤 무림맹의 정문을 향해 걸었다.

걷고 또 걸었다. 그런데 뭔가 이상했다.

"젠장."

태무선은 자신의 발아래를 내려다보았다. 분명히 앞을

보며 전진했건만, 그의 몸은 제자리에서 한 발자국도 나아
가지 못했다.

구황목이 흘려보낸 무형의 기운이 태무선을 끌어당긴 것
이다.

허공섭물로 물건을 가져오는 것은 많이 봤는데, 사람을
끌어당기는 힘이라니. 정말로 무식하기 그지없는 내공이
었다.

"딱 반시진만 걷겠습니다."

웬만해서는 검신에게서 벗어날 수 없음을 깨달은 태무선
이 불만어린 얼굴로 산책로를 따라 걷기 시작하자 구황목
이 만족스러운 얼굴로 태무선과 나란히 걸었다.

"보아하니 깨달음을 얻은 모양이구나."

"어느 정도는 얻었습니다. 아직 갈 길이 많이 남긴 했지
만요."

"어떠냐, 지금이라면 날 이길 수 있을 것 같으냐?"

구황목이 슬쩍 투기를 끌어올리며 태무선을 자극하자 태
무선의 몸에선 저절로 투기가 끌어올라 구황목의 투기에
대항했다.

"귀찮은데……."

태무선이 주먹을 말아 쥐자 이 모습을 지켜보던 구황목
이 껄껄 웃으며 태무선의 어깨를 두들겼다.

"하하! 농이다 농!"

"검신이라는 자가 농담도 합니까?"

"나도 사람이지 않으냐?"

"쳇."

태무선이 입술을 삐죽 내민 채 걸어가자 구황목은 묘한 눈길로 태무선의 등을 바라봤다.

'신기한 녀석이로다.'

같은 투신무를 배운 지강천과 태무선은 닮았으면서도 달랐다.

구황목이 겪은 지강천은 싸움을 즐기는 자였으며 언제나 자신에게 싸움을 걸어댔다.

지강천은 검신에게 싸움을 걸 만큼 강한 힘과 투지를 갖고 있었고, 그는 언제나 싸움 속에서 살아왔다.

그러나 그의 제자인 태무선은 달랐다.

'굳이 싸우려하지 않지만, 싸움을 피하진 않는다.'

지강천이 그랬던 것처럼 싸움을 찾아다니거나 싸움을 즐기는 것 같진 않았지만, 그렇다고 싸움을 피하지도 않았다.

전해들은 얘기에 의하면 혁우운을 포함한 무림맹의 무인들을 상대로도 태무선은 오히려 싸우려는 모습을 보여주었다.

그뿐인가? 자신을 거의 죽일 뻔한 자신과의 싸움을 피하지 않고 오히려 귀찮다며 말과 함께 싸울 채비를 갖추지 않았는가.

흥미로운 눈빛으로 태무선을 응시하던 구황목이 그를 향해 넌지시 물었다.

"너는 내게 화가 나질 않는 게냐."

앞서 걸어가던 태무선이 짜증스럽게 대꾸했다.

"구황천 그놈도 그렇고, 왜 자꾸 내게 화가 나지 않냐 묻는 겁니까?"

"그건 말이다."

이해가 안 된다는 듯한 태무선을 향해 다가간 구황목이 그의 이마를 딱 소리 나게 때렸다.

검신의 딱밤을 얻어맞은 태무선이 이마를 부여잡은 채 노려보자 구황목이 웃으며 말했다.

"네가 이상한 녀석이기 때문이지."

"이상하면 이상한거지 왜 때리는 겁니까?"

"보아하니 금강신의체의 경지에 오른 것 같은데, 금강신의체가 겨우 이 정도로 아프면 쓰겠느냐."

"할아범 손속이 얼마나 아픈지 아십니까? 원 노인네의 손가락 힘이……."

마지막 노인네라는 작은 목소리로 내뱉었지만, 검신의 귀에 들리지 않을 리 없었다.

그러나 구황목은 화를 내는 대신 인자한 얼굴로 웃었다.

"내 어찌 알겠느냐. 끌끌… 그나저나 내가 한 말은 진심이다. 넌 참으로 이상한 녀석이야."

구황목은 이마가 벌겋게 달아오른 태무선에게 말했다.

"그 어떤 상황에서도 진심으로 화를 내는 모습을 본적이 없구나."

구황목의 얘기를 들은 태무선이 의아한 얼굴로 물었다.

"그게 이상한 겁니까."

"지강천은 누구보다 냉정한 자였고, 또한 누구보다 화가 많은 녀석이었지."

지강천에 대해 속속들이 다 알고 있는 구황목의 말에 태무선이 동의한다는 듯 고개를 세차게 끄덕였다.

"분노조절이 안 되는 분이셨죠. 아니… 할 생각이 없으셨죠."

열 살도 채 안된 어린아이를 제 마음에 들지 않는다는 이유로 두들겨 패던 노인이 바로 지강천이었다.

언제나 그의 분노 속에서 살아남기 위해 고군분투해 오던 태무선은 지강천이 화가 많음을 누구보다 잘 알고 있었다. 지강천의 분노를 몸소 겪었기에.

"너는 그놈의 분노 속에서 자라왔다. 그럼에도 분노를 드러내지 않지. 너를 죽이려던 자의 앞에서도… 너의 스승을 비겁하게 이긴 자의 앞에서도."

비겁하게 이겼다는 사실이 슬펐던 걸까. 구황목의 목소리는 끝에 갈수록 떨리는 듯 했다.

"사실 별 생각이 없습니다."

"별 생각이 없다?"

"나를 죽이려던 자들은 날 죽이는 데에 실패했고, 스승님은 당신께 진 것을 자신이 약하기 때문이라고 생각하셨습니다. 그러니… 제가 굳이 화를 낼 이유가 없지 않습니까?"

과연 지강천다운 생각이로다, 라는 생각과 함께 구황목은 묘한 눈길로 태무선을 바라봤다.

자신을 뚫어져라 바라보는 구황목의 시선이 부담스러웠는지 태무선은 인상을 쓰며 고개를 돌렸다.

"자, 이제 곧 갈 시간입니다."

"혹시 화를 내본 적은 없느냐?"

"화를 내본 적이라……."

구황목의 물음에 태무선은 과거의 기억을 찾아 기억을 더듬었다.

화를 내본 적.

자신의 기억이 온전하다면 태무선은 자신이 화를 낸 적이 있음을 깨달았다.

대신, 기억이 존재하질 않았다. 그저…….

"정신이 드냐."

지강천의 목소리에 눈을 뜬 태무선은 자신이 바닥에 누워있음을 깨달았다.

온몸의 근육들이 비명을 지르고 있었고, 군데군데 뼈가 부러진 듯 숨을 쉬는 것조차 힘들었다.

"쿨럭… 네… 듭니다."

"기분이 어떻냐."

어떻긴. 죽을 것 같은데.

당연한 것을 묻는 지강천에게 화가 솟구쳤지만, 화를 낼 순 없었다.

"그냥… 그렇습니다."

"그럼 됐다."

이상한 일이었다. 평소라면 불같이 화를 냈을 지강천이 무뚝뚝한 얼굴로 자신을 내려다보고 있었다. 그리고는 이해할 수 없는 말을 건넸다.

"때가 되었다고 생각될 때까지는 절대로 내면에 분노를 쌓지도… 만들지도 말거라. 항상 냉정하고 여유롭게 생각해."

자세를 낮춰 태무선과 눈높이를 마주한 지강천이 손을 뻗어 자신의 큼지막한 손으로 태무선의 머리를 감싸 쥐고 말했다.

"그러려니."

"예?"

"그러려니를 기억해라. 무슨 일이 있어도… 네 목숨이 해가 되는 일이 아니라면 그러려니 하고 넘어가도록 해라."

평소와는 다르게 진지하기 그지없는 지강천의 충고에 태무선은 그저 고개를 끄덕일 뿐이었다.

화를 냈던 과거의 얘기를 전해들은 구황목은 머리를 긁적이는 태무선을 향해 충고하듯 말했다.

"화를 내는 연습을 하거라."

"왜요?"

"어미가 갓난아이에게 칼을 쥐어주지 않는 이유를 알고 있느냐."

간단한 질문이었다.

"위험하기 때문이지 않습니까."

"그래. 칼이 얼마나 위험한지, 얼마나 큰 위력을 갖고 있는지 모르는 아이에겐 칼은 매우 위험한 물건이지. 하지만 그 칼은 아이의 어미에게는 위험하지 않아. 칼이 위험하다는 것과 다루는 법을 알고 있기 때문이지."

"화를 다스리는 법을 배우라는 말씀이십니까?"

"네 녀석은 화를 내본 적이 없으니, 추후에 차오르는 분노를 통제할 수 없는 상황이 올 것이다. 무인에게 무엇보다 두려운 것은……."

지강천이 그랬던 것처럼 구황목은 손을 뻗어 태무선의 머리를 자신의 손으로 움켜쥐었다.

"자신을 통제하지 못하고, 제 자신에게 잡아먹히는 것이다."

제 자신에게 잡아먹히는 것. 그것이 무엇을 뜻하는지는 분명했다.

"주화입마……."

지강천의 말을 빌리자면 멍청한 놈들이나 내공이 역류하여 산송장이 되어버리는 것이 바로 주화입마였다.

"화는 어떻게 다스릴 수 있습니까?"

태무선의 물음에 구황목이 껄껄 웃었다.

"그건 네가 찾아야 할 문제이지."

"그럴 줄 알았습니다. 그나저나, 검신이 나서고도 사악교를 이기지 못한 겁니까?"

대화가 어느 정도 마무리되는 것 같자 태무선은 미뤄왔던 질문을 던졌다.

질문을 받은 구황목의 발걸음이 멈추었고 덩달아 태무선도 제자리에 멈췄다.

"나는… 천이와 그 아이의 무림맹이 사악교를 이기길 바라였다. 나의 시대는 언젠가 끝을 맺을 것이고, 그 아이가 이끄는 무림맹은 이제부터 시작일 테니까."

"썩 괜찮은 시작이로군요. 망해버린 무림맹을 일으켜 세운다면 구황천의 능력도 입증되는 것이니."

"나를 책망하는 것이냐."

"책망이랄 것까지야 있겠습니까. 사악교주는 당신의 손자이니."

"내가 사사로운 정으로 무림맹을 져버렸다 생각하는 것이냐."

역린을 건드렸는지 검신의 낯빛이 어두워졌다. 그늘진 노인의 입술사이로 낮고 무거운 목소리가 흘러나왔다.

심장이 멎어도 이상하지 않을 검신의 위압감에도 태무선은 담담했다.

"아닙니까?"

"……이렇게 보니 네가 지강천의 제자가 맞는 것 같구나."

재수가 없는 것을 보아하니 태무선은 지강천의 제자가 맞았다.

태무선은 굳이 부정하지 않으며 능청스럽게 대꾸했다.

"사제는 닮는다더니 그런가봅니다."

태연자약하게 검신의 압박감을 넘긴 태무선은 말을 이었다.

"탈혼귀영대주의 검은 어떠셨습니까."

"이 나이가 되기까지… 무인의 삶을 살아오다보면 많은 검사들을 만나게 된단다. 그 중에서도 탈혼귀영대주인 야차율의 검은 아주 오랜만에 내게 흔적을 남긴 검이었지."

구황목의 주름진 손가락이 자신의 목덜미를 매만졌다.

그의 목에는 선명한 검상이 남아 있었고, 이미 야차율의 유산인 화책을 통해 검신과 야차율의 검투를 견식 했었던 태무선은 그 검상이 야차율의 것임을 알고 있었다.

"그러고 보니 네겐 많은 빚을 지고 있었구나."

구황목은 한숨 섞인 목소리로 말했고, 태무선은 고개를 끄덕였다.

이렇게 보아하니 구황목은 태무선에게 많은 빚을 지고

있었다.

　잠시 동안 태무선은 가만히 바라보던 구황목은 뒷짐을 진 채로 태무선을 응시했다.

　"기회를 얻고 싶으냐."

　"무슨 기회를 말씀하시는 겁니까."

　"나의 목숨은 내어줄 수 없다만, 한 대 정도는 맞아줄 용의는 있단다."

　구황목이 가슴을 넓게 펴며 말했다. 그러자 태무선의 시선은 저절로 구황목의 사점을 향했다.

　말아 쥔 주먹은 빗살처럼 뻗어가 구황목의 사점을 찌를 수 있었다.

　'지금이라면.'

　과거, 그의 멸천격은 구황목을 어쩌지 못했다. 하지만 지금이라면?

　투령무일체의 9성에 도달했으며, 10성의 초입에 발을 들이밀고 있는 지금이라면.

　순식간에 끌어 오른 태무선의 투기는 언제 그랬냐는 듯 사그라 들었다.

　피부가 저릿해지고 저도 모르게 호승심이 끓어오를 정도로 강렬하던 태무선의 투기가 사그라 들자 구황목이 의아한 얼굴을 했다.

　"투기를 거둔 것이냐."

　"야차율은 제 자신의 끝을 스스로 선택한 것이니 빚이라고 할 수 없습니다."

"이번이 아니라면 네놈은 두 번 다신 나를 건들지 못할 것이다. 후회하지 않느냐?"

"걱정 마십시오."

태무선은 입가에 미소를 띠우며 말을 하였고, 말을 마치자마자 태무선은 돌아섰다.

"전 그럼 갑니다."

자신이 할 말만 하고 돌아선 태무선이 자리를 떠나가자 구황목은 홀로 서서 뒷짐을 진 자세로 하늘을 올려다보았다. 거뭇해진 하늘에는 주홍빛의 노을이 검신을 비추었다.

'걱정 마십시오. 당신이 등천하기 전에 내가 당신을 쓰러뜨릴 것이니.'

허세나 허언이라 하기엔 태무선의 눈에 깃든 믿음은 너무도 확고했다.

자신의 검에 베여 사경을 헤매었어도, 무너진 마교를 등에 업었어도 태무선이란 사내는 언젠가 자신이 검신을 뛰어넘으리라 믿어 의심치 않았다.

"나는 매일 후회하고 있다네. 무림맹이고… 마교고 할 것 없이… 자네와 나의 모든 것을 걸고 싸웠다면, 그 마지막 일격으로 내가 자네를 이길 수 있었을까."

구황목은 매일 고민하고 자문했다.

벽력탄을 쓰지 않았다면. 무림맹을 등에 짊어지지 않고 그저 무인으로서, 지강천과 순수한 생사투를 펼쳤다면 승자는 누가 될 것인가.

시간이 지나도 절대 알아낼 수 없는 질문이었다.

그러나 구황목은 이제야 알 것 같았다.

"자네의 제자를 보고 있으니 알 것 같네. 그 싸움의 승자는 아마도……."

답답하게 막혀 있던 속이 뻥 뚫린 것 같은 후련함.

구황목은 아주 오랜만에 하늘을 올려다보며 웃을 수 있었다.

하얀 제비

늦은 밤, 천리봉의 자그마한 처소에서 빠져나온 태무선은 어둠이 짙게 깔린 세상과 먹을 칠한 듯 검게 변한 운무를 내려다보았다.

'화를 내는 법을 연습하라……'

뒷짐을 지고 공터로 걸어간 태무선은 머리를 긁적였다.

"말은 쉽지."

십 수 년 간 화라는 것을 별로 내본 적이 없었다. 지강천의 가르침대로 세상만사 그러려니 하고 넘겼기 때문이었다.

태무선은 단전이 있다는 하복부에 손을 가져다댔다.

"화를 어떻게 내라는 거지?"

일단 대상이 필요했다.

태무선은 눈을 감고 사악교주를 떠올렸다. 얼굴도 모르고, 키와 체격조차 몰랐기 때문에 뭉글거리며 피어오른 가상의 사악교주는 이목구비도 없는 목인과 같은 모습이었다.

"화가 안 나는데."

누군지도 모르는 놈에게 화가 날 리가 있나.

고민에 고민을 거듭하던 태무선은 뭔가 생각이 난 듯 손가락을 튕겼다.

생각해보니 화를 낼만한 대상이 무림맹 내부에 존재했던 것이다.

"그 녀석이 있었지."

"하아아… 살 것 같군!"

별동대의 임무를 마치고 천리봉으로 돌아온 길음현은 말 그대로 살 것만 같았다.

그동안 얼마나 힘들었는가.

자신을 포함한 많은 별동대의 무인들이 비림의 살수들에 의해 목숨을 잃었다.

자면서 죽을지도 모른다는 공포 때문에 잠조차 제대로 자지 못했건만, 이제는 그런 걱정을 할 필요가 없었다.

"야영을 할 필요도 없고, 밤 자리를 설칠 필요도 없으니… 아주 좋아. 크흐흐!"

오랜만에 목욕을 하고 나온 길음현은 별동대의 조장들이 모여 있다는 소식에 발걸음을 옮겼다. 그런데 어디선가 쿵쿵거리는 발걸음 소리가 들렸다.

"누가 이렇게 쿵쾅거리며 걷는…….."

쿵쿵거리는 소리가 들려오는 곳으로 고개를 돌린 길음현은 그곳에서 한 사내를 마주했다.

난데없이 별동대의 무인들이 쉬고 있는 별운청(瞥雲廳)에 나타난 흑의의 사내는 매서운 분노가 깃들어 있는 눈빛으로 자신을 노려보고 있었다.

'저…저 녀석은……!'

사내를 알아본 길음현은 그의 이름이 태무선이며 마교의 교주임을 이미 알고 있었다.

천리봉, 무림맹에 마교의 교주가 나타났다는 소식으로 한바탕 난리가 났기 때문이다.

'마교의 교주가 여긴 왜?'

당황하며 뒷걸음질 치던 길음현은 자신이 태무선에게 당호를 들먹이며 욕보였던 과거가 떠올랐다.

"설마 그때의…….."

아, 저놈의 팔을 부러뜨리려고 했는데.

태무선이 아무렇지 않게 내뱉은 말이었다. 그리고 이젠 태무선이 자신이 했던 말을 이행하려 별운청에 나타난 것이다.

태무선의 분노를 한 몸에 받게 된 길음현은 뒷걸음질을 치다 다리에 힘이 풀려 엉덩방아를 찧었다.

그러나 고통도 잠시, 정면에서 느껴지는 맹렬한 분노에 길음현이 두 손을 내밀며 급히 외쳤다.

"이곳은 무, 무림맹입니다! 제 아무리 마교의 교주라고 하더라도……!"

"그래서?"

싸늘했다. 목소리는 차가웠으나 그 안에서는 형용할 수 없는 거대한 분노가 느껴졌다.

'난 죽었다……!'

죽음의 공포와 함께 태무선의 분노를 한 몸에 받게 된 길음현은 목숨을 구걸할 정신도 없이 거품을 문채 쓰러졌다.

"음?"

길음현이 기절하자 태무선이 분노를 거두며 투기를 가라앉혔다. 그러자 멀찍이에 서 있던 제갈원준이 다가왔다.

"뭐해?"

"알아볼게 있어서."

"알아볼게 있는데 이 녀석은 왜 기절한 거야?"

"제갈."

"제갈원준이야."

"화는 어떻게 내는 거야?"

느닷없는 태무선의 물음에 제갈원준이 그게 무슨 소리냐

는 듯한 표정을 지으며 말했다.

"뭐?"

* * *

"하하하! 그러니깐 화를 내는 법을 연습하려다가 길음현
이 기절한 거라고? 끅끅끅……!"

검신과 태무선간의 얘기를 전해들은 제갈원준이 배를 잡
고 끅끅대며 웃었고, 그의 옆에 앉아 있던 오유하는 신기
하다는 얼굴로 태무선을 바라보며 물었다.

"그러니깐 단 한번도 화가 나질 않았다는 거야?"

오유하의 물음에 태무선이 고개를 가로저었다.

"난 적은 있지."

"그러니까… 피가 거꾸로 끓는 듯한 엄청난 분노를 느껴
본 적이 없다는 거잖아?"

"그런 셈이지. 그 노인네가 이상한 걸 시켜서… 그나저
나 내일 회의를 거쳐야지만 협력을 할 수 있다는 거야?"

"그렇지. 무림맹의 맹주는 구황천님이지만 맹주님 혼자
서는 무림맹과 마교의 일시적 동맹을 체결할 수 없어. 마
교야 네 마음대로 할 수 있겠지만."

"흠."

번거롭기 그지없었다. 이놈의 무림맹은 그놈의 회의를
몇 번이나 하는 것인지…….

교주의 생각이라면 하늘처럼 떠받드는 마교와는 달리 무림맹은 맹주가 모든 권한을 갖지 못했다. 오로지 맹의 장로들과 함께 회의를 걸쳐야 했고, 과반수의 장로들이 동의를 해야지만 맹주의 뜻을 펼칠 수가 있었다.

권력의 독점을 막기 위한 조치라지만 태무선은 상당히 불만이었다.

"으… 귀찮아."

태무선이 몸을 흐느적거리며 귀찮아하는 이유는 내일 있을 회의에 태무선도 참가해야 한다는 것이었다. 각 세력의 정상이 만나는 정상회담이었다.

"사실은 구황천님의 힘이 생각보다 많이 약해."

태무선의 몸이 의자와 하나가 되는 듯 허물어지고 있을 무렵 제갈원준이 주변을 살피며 조심스럽게 말했다.

"정사대전의 패배로 구황천님의 입지가 많이 좁아졌거든."

"그래도 구황천은 맹주잖아."

"정사대전 직후 살아남은 장로들 사이에서는 맹주를 교체해야 한다는 얘기들이 오고갔어. 실제로 장로회의에서는 새로운 맹주를 추대하기 위한 움직임이 있었고."

정사대전 직후 무림맹에서는 패배의 책임을 구황천에게 있다고 생각했다.

애초에 구황천은 실종된 구황기를 대신해 맹주를 맡고 있던 맹주 대행이었으니, 새롭게 맹주를 뽑는 것도 이상한 일은 아니었다.

"하지만 검신께서 무림맹에 남아계시는 바람에 맹주의 교체는 흐지부지됐어. 하지만 여전히 구황천님을 인정하지 못하겠다는 목소리가 새어나오고 있거든."

제갈원준이 팔짱을 끼고 의자의 등받이에 등을 기대었다.

"도리어 검신께서 새로운 맹주가 되길 원하는 자들도 많아."

"흐음. 무림맹의 최전성기를 이끌던 게… 구 노인이기 때문이겠지."

"네 말이 맞아. 물론 검신께서는 자신의 자리가 아니라고 말씀하시며 거부하셨지만."

생각보다 무림맹 내부의 사정은 복잡했다.

정사대전의 패배로 맹의 장로들은 구황천은 맹주로 인정하지 않는 분위기였다.

그나마 다행인 것은 검신이 맹에 남아 있는 것으로 구황천이 자리를 보전하고 있을 수 있었지만, 구황천의 자리는 여전히 위태로웠다.

"내일 회의가 어떻게 되느냐에 따라 마교와 무림맹의 일시적 동맹에 대한 윤곽이 나올 거야."

"회의라……."

말만 들어도 귀찮고 번거로운 일이었다.

다음날 오전, 식사를 마치고 깨끗한 옷으로 갈아입은 태무선은 날개 죽지까지 자라난 긴 머리를 뒤로 묶은 뒤 방을 나섰다.

태무선이 향한 곳은 회의가 열리는 용전(龍殿)이었다.

천리봉에서도 가장 높은 곳에 위치한 용전에 들어선 태무선은 어느새 멀끔하게 머리를 정돈하고 수염을 깎은 구황천이 용이 새겨진 장포를 입고 앉아 있는 것을 발견했다.

"크흠."

"흠흠!"

용전에 들어선 태무선은 자신을 향한 장로들의 따가운 시선을 느껴졌다.

말은 하지 않았지만, 무림맹의 가장 중요하고 신성시되는 용전에 태무선이 들어선 것이 못마땅한 듯 했다.

하지만 장로들의 시선 따위야 일말의 관심도 없는 태무선은 빈자리에 엉덩이를 붙이고 앉았다.

"마교의 교주가 왔으니 이제 무림맹과 마교의 일시적 동맹에 대한 회의를 시작하겠소."

구황천의 선언이 끝나기가 무섭게 남궁수호가 손을 들고 메마른 입술을 열어 말을 시작했다.

"현실적으로 불가능 한 일입니다. 저 자가 누구입니까?"

남궁수호의 손가락이 태무선을 가리켰다.

"마교의 교주가 아닙니까? 사악교와 마교는 한 뿌리나

다름없는 흑도의 무리들입니다. 만약, 이번 동맹제의가 사악교의 계략이라면 그땐 어쩔 작정이십니까?"

남궁수호의 지적은 날카로웠고, 그의 얘기가 끝나기가 무섭게 장로들이 고개를 끄덕이며 한마디씩 거들었다. 장로들의 의견은 대체적으로 마교와의 동맹은 위험하다는 주의였다.

"과거, 무림맹과 마교는 동맹을 맺은 적이 있소."

"일월신교를 말씀하시는 겁니까."

남궁수호의 물음에 구황천이 고개를 끄덕였다.

"그렇습니다. 당시 무림맹과 마교는 중원의 거대한 위협으로부터 중원무림을 지키기 위해 동맹을 맺었고, 일월신교를 무너뜨리는 데에 성공했습니다."

"하지만 지금은 상황이 다르지 않습니까! 일월신교는 말 그대로 새외세력! 그러나 사악교는 마교와 뿌리를 함께하고 있는 흑도세력입니다."

"그렇다면 남궁장로에게 묻겠소. 지금… 맹의 힘만으로 사악교를 이길 수 있다고 보시오?"

이어지는 구황천의 질문에 남궁수호가 입을 다물었다.

현실적으로 맹의 힘만으로 사악교를 이기는 것은 불가능이라는 걸 남궁수호가 모를 리 없었다.

잠시 침묵하는 남궁수호를 대신하여 새로운 장로가 거수하며 입을 열었다.

"그렇다면 맹주대행께선 마교와의 동맹으로 사악교를

이길 수 있으리라 믿으십니까."

송철이 맹주대행이라는 말에 힘을 주며 말하자 그의 옆에 앉아 있던 추호동이 고개를 끄덕이며 목소리를 합쳤다.

"마교와 동맹을 한다고 한들 사악교를 이길 수 있겠습니까? 되려 마교와의 동맹은 무림맹의 근간을 뒤 흔드는 일입니다."

송철과 추호동이 목소리를 합치자 나머지 장로들도 합세하여 목소리를 높였다.

그들의 주장은 일관되었다.

'마교와의 동맹은 맹에 위험을 초래할 뿐, 실질적으로 사악교를 물리치는 데엔 도움이 안 된다.'

장로들이 목소리를 높이며 동맹을 반대하자 구황천은 얼굴을 굳힌 채 침묵했다.

맹주인 구황천의 침묵과 장로들의 외침. 그 사이에서 가만히 앉아 있던 태무선이 가볍게 주먹 쥔 손으로 턱을 괴고 말했다.

"왜 이렇게 징징대는 거야."

큰 목소리는 아니었지만 태무선의 짜증스러운 목소리는 장로들의 귀에도 들어갔다.

일순간 회의에 정적이 감돌았고, 장로들의 따가운 시선들이 태무선을 향했다.

남궁수호가 불쾌함을 연신 드러내며 말했다.

"지금 뭐라고 하셨습니까."

"왜 이렇게 징징 대냐고."

"무림맹의 장로들을 욕보이시는 거요?"

이번엔 추호동이 잔뜩 굳어진 얼굴로 말하자 태무선이 자리를 박차고 일어섰다.

"동맹을 할지 안할지 그것만 말해. 시끄럽게 떠들어대지 말고."

"마교의 교주는 지금 우리가 장난치고 있는 것으로 보이시오!? 무림맹과 마교의 동맹은 매우 중요한 문제요! 게다가 이는 무림맹의 운명을……."

"사악교가 두렵겠지."

"……."

말허리를 끊고 들어오는 태무선의 한마디에 추호동이 입을 다물었다.

추호동이 당황해하며 어쩔 줄을 몰라 하자 송철이 의자에서 몸을 일으킨 후 태무선을 마주봤다.

"마교는 사악교와 전쟁을 벌여보셨소?"

"아니."

"그러니 어찌 우리의 마음을 이해하겠소. 우린 사악교의 간악한 간계에 휘말려 수많은 고수들과 무인들을 잃었소. 오죽했으면 젊은 무인들을 사지로 내몰았겠소?"

"맞소!"

"마교의 교주가 뭘 안다고……."

태무선은 자신을 향한 장로들의 날 선 비판들을 무시한

채 구황천을 바라봤다.

"보아하니 이곳엔 싸울 의지가 없는 자들밖에 없는 것 같으니 난 간다."

미련 없이 돌아서는 태무선을 향해 구황천이 소리쳤다.

"잠깐."

구황천의 외침에 태무선이 발걸음을 멈추었다.

그와 동시에 구황천은 품속에서 맹주를 뜻하는 금패를 품속에서 꺼낸 뒤 탁자 위에 올렸다.

"맹주령을 선언하겠소."

"맹주령!?"

"매…맹주령이라니……!"

장로들이 당황하며 자리에서 일어섰다.

맹주령을 선언한 구황천은 금패를 들어 탁자에 박아 넣었다.

"지금부터 나 구황천은 맹주의 고유권한인 맹주령을 발령하여 마교와의 일시적 동맹을 체결하겠소. 기한은… 삼 개월. 그 이후로도 마교와의 동맹을 인정하지 못하겠다면, 맹주의 자리를 내려놓겠소."

맹주령은 무림맹의 맹주가 재위기간 동안 단 한번밖에 발령할 수 없는 명령으로써, 보통 장로회의를 걸쳐 발령하는 일반적인 명령과는 달리 맹주가 독단으로 명령을 내릴 수 있었다.

대신, 맹주령을 발령하기 위해서는 맹주가 자신의 자리

를 걸어야 했다. 그 이유는 맹주령에 의해 무림맹의 근간
이 무너질 수도 있기 때문이었다.

"후회하지 않으시겠소?"

구황천의 맹주령으로 인해 정적이 흐르는 회의실에서 한
중년인이 입을 열었다.

그동안 수차례 진행된 장로회의에서 침묵으로 일관하고
있던 홍의방(紅衣幇)소속의 장로, 황교각이었다.

마치 목소리를 잃은 듯 침묵을 일관하던 황교각이 입을
열어 묻자 구황천이 금패를 손에서 떼며 말했다.

"후회하지 않소."

* * *

"호기롭게 말했는데… 내가 할 수 있는 것은 이것뿐이
네."

구황천은 다소 민망한 듯 말했다.

그도 그럴 것이 구황천이 선언한 맹주령에 의해 무림맹
과 마교의 일시적인 동맹이 체결되었는데, 무림맹이 태무
선을 위해 넘겨준 것은 앳된 티를 벗지 못한 어린 무인들
이었다.

"이 녀석들로 뭘 하라고?"

태무선이 불만인양 말하자 구황천이 어린 무인들을 가리
키며 대꾸했다.

"길잡이가 되어줄 걸세."

길잡이가 되어줄 거라는 구황천의 말과 함께 젊은 사내와 여인이 태무선에게 다가와 포권을 하며 인사를 해왔다.

"무당파의 현각이라 합니다."

"홍의방의 유선입니다."

한명은 무당파의 젊은 도사 현각이었고, 다른 한명은 홍의방의 유선이란 여인이었다.

두 남녀와 마주한 태무선은 현각과 유선을 번갈아봤다.

현각은 무뚝뚝함이 느껴지는 얼굴이었다. 머리는 곱게 빗어 올린 후 영웅건을 두르고 있었고, 걸치고 있는 백의에는 한 점의 때도 보이지 않았다.

그에 반해 머리를 두 갈래로 땋아 묶은 유선은 앞에 마주한 태무선을 향해 싱글거리며 미소를 보였다.

붉은 입술과 함께 입고 있는 홍의에는 봉황으로 추정되는 화려한 새가 수놓아져 있었다.

전혀 다른 성격을 지닌 듯한 현각과 유선을 마주한 태무선은 손사래를 쳤다.

"싫어."

데리고 다니기 귀찮다는 이유로 마중혁과 홍산도 마다한 태무선이었다. 누군지도 모를 현각과 지선을 데리고 다닐 리 만무했다.

그러나 구황천이 태무선에게 바짝 다가와 조용히 속삭였다.

"어쩔 수 없어. 일시적 동맹이라 하더라도 너는 어디까지나 마교의 교주야. 정파에 소속된 문파와 세가의 사람들이……."

"나를 반길 리 없다는 거군."

"그런 셈이지. 그래서 저들이 필요한 거야."

"으으… 차라리 제갈 녀석을 붙여주는 건 어때?"

"나도 그러려고 했는데, 장로들의 반대가 거세. 아무래도 백의각 때의 친분을 알고 있기 때문인 것 같아. 게다가 제갈원준은 난항에서의 상처가 아직 완전히 회복되지 않았기도 하고."

"쳇."

어쩔 수 없음을 깨달은 태무선은 현각과 유선을 응시했다.

무뚝뚝한 도사와 속을 알 수 없는 여 무인과의 동행.

썩 마음에 들 진 않았지만, 어쩌겠는가. 이놈의 정파 놈들이 갖고 있는 불신과 의심병은 고쳐지지 않는 불치병 같은 존재이니.

태무선은 할 수 없이 현각과 유선을 데리고 천리봉을 내려갈 준비를 했다.

"이제 어디로 간담."

중원은 넓었고, 태무선이 가야 할 곳은 우뚝 솟아난 산봉우리만큼 많았다.

＊　＊　＊

빛 한 점 없는 어두운 창살사이에서 산발머리의 중년인
은 물었다.

"나를 여전히 살려두는 이유가 무엇인가?"

두꺼운 쇠사슬로 온몸이 결박되어 있는 중년인의 물음에
구황경은 고개를 끄덕이며 중년인에게 다가갔다.

뾰족하고 두꺼운 쇠침은 중년인의 온 몸의 주요 혈도에
박혀 있었다.

"아직은 네 마기를 받아드릴 때가 아니거든."

구황경은 손끝으로 중년인의 몸을 매만졌다.

그의 손이 중년인의 몸을 스칠 때마다 중년인은 몸을 움
찔거렸다.

"최근에 본교의 오상천 중 두 명이 목숨을 잃었다. 그 중
한명은 난항에서 제 손주 뻘의 사내에게 방심하여 목숨을
잃었지."

"그거 잘됐군."

"그래, 그런 놈이야 차라리 일찍 죽는 것이 본교에 도움
이 된다. 그런데 다른 한 명은 방심하지 않았다. 헌데 단
한수에 어깨부터 가슴까지 으스러져 죽었지."

구황경의 얘기를 잠자코 듣고 있던 중년인, 사강목의 눈
에서 작은 이채가 어렸다.

단 한수에 사악교의 오상천을 죽이는 자. 멈춘 듯 고요하던 심장이 두근거렸다.

"이 드넓은 중원에는 오상천을 한 수에 죽일 수 있는 자가 상당히 많지. 하지만, 젊은 사내 중엔 없다."

"크크크… 왜? 두려우냐?"

"두렵냐라… 내겐 어울리지 않는 단어로군."

손을 뻗어 사강목의 머리채를 움켜쥔 구황경은 사강목의 고개를 강제로 꺾으며 말했다.

"네 주인이 멀쩡히 살아 있는 것 같더구나. 흑도마수."

"물론이지. 곧 교주님께서 네놈의 머리통을 으깨주러 오실게다."

"늦지 말아야 할 텐데."

구황경의 손을 타고 기가 빨려 들어감을 느낀 사강목은 몸부림치며 구황경의 손아귀에서 벗어나려 용 썼지만, 구황경의 손아귀는 마치 거센 소용돌이를 머금고 있는 것처럼 사강목을 끌어당겼다.

"끄윽!"

사강목의 온몸에서 핏줄이 돋아났다. 그러나 구황경의 흡기는 오래가지 않았다.

"언젠가."

잡고 있던 사강목의 머리채를 놓아준 구황경은 싸늘한 목소리로 말했다.

"네놈의 진기를 뽑아줄 터이니, 네 주인이 늦지 않기를 바라거라. 물론 네 주인도 나의 제물이 되겠지만."

진기를 빨린 사강목은 고개를 떨군 채 혼절했다.

구황경은 제멋대로 꿈틀거리며 기묘하게 뒤틀려가는 자신의 오른손을 붙잡으며 짧게 신음했다.

"크으……!"

사강목이 지닌 마기는 그가 흡수해 오던 기운들과는 정반대의 성질을 지니고 있었다.

이종진기인 마기를 흡수하기 위해서는 기다림이 필요했다.

소량의 마기를 흡수하며 몸이 마기에 익숙해지기를 기다려야 했으니, 구황경은 끈기와 인내심을 갖고 사강목의 마기를 조금씩 빨아들여나갔다.

사강목과의 만남을 끝내고 지하 감옥을 빠져나온 구황경은 자신의 앞에 넙죽 엎드려 있는 시월현을 발견했다.

"네 어리석음이 충암을 죽게 하였구나."

"죄송합니다."

"백은섭과 백귀를 불러라. 네 처분은 그 이후에 내릴 것이니."

"존명."

시월현이 명을 받고 자리를 떠나자 구황경의 시선은 어두운 지하 감옥의 최하층을 바라봤다.

저벅— 저벅—

눅눅하고 습한 어두운 지하 동굴.

벌레 울음소리조차 들려오지 않는 이곳에서 사뿐한 발걸음 소리가 들려왔다.

가볍고 경쾌한 발걸음이 멈춘 곳은 두꺼운 창살이 존재하는 감옥의 앞이었다.

철컥—

소리와 함께 두꺼운 자물쇠가 풀리고 사뿐한 발걸음소리가 감옥의 안쪽으로 들어갔다. 그리고 그곳엔 한 남자가 있었다.

그의 목엔 쇠사슬이 메여 있었다. 두껍고 기다란 쇠막대가 온몸에 박혀 있는 남자는 가느다란 숨을 힘겹게 토해내고 있었다.

"오랜만이에요."

맑고 청아한 목소리에 중년인이 눈을 뜨고 고개를 들었다. 그 남자의 눈동자에 비친 것은 눈부시게 아름다운 여인이 서 있었다.

여인은 초승달 같은 눈으로 남자를 내려다보며 꽃이 만개하듯 화사한 웃음을 머금었다.

"이곳 생활은 즐거우신가요?"

"왔…느냐."

웃음 띤 얼굴로 남자의 옆으로 다가가 자리에 주저앉은 여인은 품속에서 육포를 꺼내어 남자의 입에 밀어 넣었다.

거부하려 했으나 거부할 수 없는 여인의 손길에 남자는 육포를 입안에 머금었다.

"기뻐하실만한 소식이 있어요. 당신의 아드님이 무림맹을 몰아내고 사악교를 중원의 중심부에 세웠답니다."

여인이 손바닥을 마주치며 꺄르르 웃자 남자는 황망한 얼굴로 여인을 돌아봤다.

"그 얘기는 이미 삼년 전부터 하지 않았느냐."

"아, 그랬었죠. 하지만 또 하고 싶은 걸요?"

"잔인한… 아이구나."

"당신은 여전히 저를 아이라고 부르시는군요. 이젠 어엿한 숙녀가 되었는데 말이죠."

여인의 손길이 남자의 목덜미에 닿자 남자는 몸을 부르르 떨었다. 여인의 손짓에선 꽃향기가 났다.

"기쁘겠구나. 네 오랜 복수가 곧 이루어질 테니."

"아뇨."

손을 뻗어 남자의 뺨을 쓰다듬어주던 여인이 그게 무슨 말이냐는 듯한 얼굴로 고개를 천천히 가로저었다. 그녀의 얼굴엔 여전히 만개한 꽃과 같은 미소가 걸려 있었다.

"이제 시작인걸요."

"이것으로 만족할 순 없는… 것이냐."

"그럴 리가요. 여전히 무림맹과 마교는 멀쩡히 남아 있답니다. 그들이 완전히 사라지지 않는 이상… 제 복수는 끝나지 않아요."

여인은 자리에서 일어섰다.

자신을 에워싸던 꽃향기가 옅어지자 남자의 몸이 마구 떨렸다. 이는 극독보다 위험한 향기임을 알면서도 남자는 여인의 꽃향기에 이끌렸다.

도무지 벗어날 방법이 없었다. 그녀는 그런 존재이므로.

"저는 이만 가볼게요. 좋은 소식을 가지고 만날 수 있으면 좋겠네요."

여인은 손을 흔들며 돌아섰다. 백색의 치맛자락이 부드럽게 펄럭였다.

"그럼 다시 만나요. 구황기 대협."

어둠속을 유일하게 밝히던 백색의 빛이 사라지는 것을 지켜보던 남자는 구슬픈 목소리로 울음을 터트렸다.

그날은 하얀 제비가 날아들었다.

하얗고 때 묻지 않은 깨끗한 날개를 지닌 하얀 제비.

한참동안 울음 섞인 노래를 울부짓던 구황기는 고개를 떨구었다.

* * *

"어머, 저를 기다리고 계셨나요?"

지하 감옥의 최하층에서 모습을 드러낸 비현은 자신을

기다리고 있는 듯 서 있는 구황경을 발견했다.

그의 시선은 비현에게서 지하 감옥을 향했다.

"다행히 정정하시더라고요. 게다가 교주님의 소식을 들으니 더욱 기뻐하셨고요."

"그럴 리가 없지. 나의 아비가 무림맹이 무너진 소식을 좋아할 리가 있겠습니까."

"소녀를 믿지 못하시는 건가요."

비현이 다가와 구황경의 팔에 자신의 팔을 둘렀다. 꽃향기가 났다.

구황경은 자신의 팔에 닿은 비현의 팔을 뿌리치며 말했다.

"신녀께서 꽃향기가 나는군요."

"아… 선을 넘지 말라하셨죠."

비현은 슬쩍 물러섰고, 구황경은 손을 뻗어 비현의 머리를 부드럽게 쓰다듬었다.

그의 손길에 기분이 좋으면서도 비현의 입술은 비죽 나왔다.

"여전히 소녀를 어린 소녀로 보고 계시는 건 아니겠죠?"

"그럴 리가 있겠습니까. 돌아가시지요. 이곳은 신녀에겐 어울리지 않는 곳이니."

"네. 좋아요."

구황경은 신녀와 함께 지하 감옥을 빠져나가며 뒤를 돌아보았다.

천천히 닫혀가는 지하 감옥의 문은 한 점의 빛조차 허용

하지 않을 것이다.

　좁혀져가는 입구를 지켜보며 구황경은 무심히 고개를 돌려 앞을 향해 걸었고, 지하 감옥으로부터 멀어져 가는 구황경의 머리 위로, 하얀 제비가 날아들었다.

＊　＊　＊

　"끄으응!"

　침대에서 몸을 일으킨 사내는 부스스한 머리를 긁적이며 밝은 빛 무리를 뿜어내고 있는 창가를 응시했다.

　"들어와."

　사내의 목소리에 창이 스윽— 열리며 흑의인이 모습을 드러냈다.

　"무슨 일이야?"

　권태로운 사내의 물음에 흑의인이 무릎 꿇은 자세로 말했다.

　"교주님께서 부르십니다."

　"나를?"

　"그리고 부단주님도 함께."

　"은요도 함께? 젠장, 심상치 않은데… 일단 알겠으니 돌아가."

　흑의인은 대답대신 몸을 날려 창밖으로 사라졌다. 백은섭은 부스스한 머리를 재차 긁적이며 늘어져라 하품을 내뱉었다.

"본교에서 부르는 건가요?"

아래에서 들려오는 여인의 목소리에 백은섭이 고개를 낮췄고, 그의 옆자리에서 눈을 뜬 여인이 이불을 가슴까지 끌어올리며 상체를 들어올렸다.

"가봐야 할 것 같네. 교주가 직접 부르는 건 이례적인 일이라서 말이야."

"몸조심하세요."

"네게 그런 얘기를 듣게 될 줄은 몰랐는데?"

백은섭이 팔을 벌려 여인의 허리를 두르자 여인이 눈매를 가늘게 좁히며 퉁명스럽게 대꾸했다.

"당신 때문에 저는 신의를 저버렸어요."

"비역만과의 신의를 말이지?"

"후… 전장의 장주가 신의를 저버리는 것은 있을 수 없는 일이라고요."

금호전장의 장주, 취설화가 매섭게 쏘아보자 백은섭이 엄청난 속도로 움직이며 옷을 갖춰 입었다.

어느새 나갈 채비를 마친 백은섭이 여전히 침대에 앉아 있는 취설화를 향해 손을 들었다.

"금방 돌아올 테니 너무 쏘아보지 말라고!"

문 대신 창문을 열고 몸을 날리는 백은섭을 보며 취설화는 피식 웃으며 얼굴을 푸근한 이불속으로 박아 넣었다.

"싫어할 수가 없다니까……."

"웃차!"

건물에서 빠져나온 백은섭은 자신을 향해 다가오는 백색 머리의 여인을 발견했다.

"이야 빠르네?"

"돌아가시지요."

백귀가 다가오며 자리를 내어주자 백은섭이 앞으로 나아가며 인상을 찌푸렸다.

"별 일 아니어야 할 텐데 말이야. 아, 들었어? 오상천 중 두 명이나 목숨을 잃었다던데."

"단주께서 이곳에서 쓸데없는 시간을 보내고 있을 때 그런 일이 벌어졌습니다."

"그러는 넌 각귀를 죽인 맹의 별동대를 그냥 보내줬다던데……."

백은섭의 발걸음이 멈추자 백구의 발걸음도 덩달아 멈춰섰다.

"그곳은 난항의 관아였습니다."

"그 이후로도 그놈들을 내버려뒀다며? 뭐… 네게도 생각이 있었겠지. 일단 돌아가자고 교주가 우릴 애타게 찾는다니."

백은섭은 휘파람을 불며 앞으로 걸어가 준비된 마차에 올랐고, 잠시 생각에 잠겨있던 백귀는 백은섭을 따라 마차에 올라탔다. 백은섭과 백귀를 태운 마차는 사악교의 본교가 있는 곳을 향해 착실히 나아갔다.

*　*　*

"싫답니다."

"그게 끝이야?"

"예."

태무선은 손으로 얼굴을 짚었다. 현각을 마주하고 있자니 마중혁과 은섬이 그리웠다.

이 무능한 녀석은 굳게 닫혀 있는 철선문을 향해 다가가 자신들이 맹에서 왔음을 밝히고 철선문의 문주를 뵙기를 청했다. 그러나 돌아온 대답은 '싫다'였다.

이런 대답을 들었다면 방법을 강구해야 했건만, 현각을 태무선에게 돌아와 저들이 싫다고 말했음을 전할뿐이었다.

만약 마중혁이나 은섬이었다면 문을 깨부수는 한이 있더라도 들어갈 방법을 찾았을 텐데…….

짧은 한숨과 함께 태무선은 굳게 닫혀 있는 철선문을 향해 다가갔다.

"멈춰라!"

문의 안쪽에서 눈동자만 겨우 보일정도의 작은 틈새가 벌어지며 철선문의 무인들이 태무선을 향해 경고했다.

"이곳은 봉문중인 철선문이다. 외부와의 출입을 금지하고 있으니 돌아가라!"

"문주는 여기 있어?"

태무선의 물음에 문지기들은 대답대신 틈새를 막으며 호통을 쳤다.

"썩 돌아가라! 제 아무리 맹의 사람들이라고해도 들여보낼 수 없다."

"아무래도 돌아가야 할 것 같습니다."

현각이 철선문은 봉문중이라 들어갈 수 없음을 밝히며 돌아가려 하자 태무선이 닫혀 있는 철선문의 정문을 응시했다.

"철선문은 어떤 문파야?"

태무선의 물음에 현각이 즉각 대답했다.

"이 일대에서는 꽤나 알아주는 문파입니다. 특히나 철선문주인 금은철은 꽤나 실력 있는 무인으로 평가받고 있었습니다."

"쓸모 있는 녀석들이라는 거지?"

철선문을 향해 쓸모 있는 문파냐는 태무선의 질문에 현각이 고개를 삐걱거리며 끄덕였다.

"굳이 대답하자면 그렇습니다."

"그럼 회유를 해봐야지."

"하지만 문을 안 열어주는데요?"

유선이 닫혀 있는 문을 가리키자 태무선이 정문을 향해 손을 뻗었다.

"안 열어주면 내가 열어야지."

꽈—앙!

철선문의 정문이 박살나며 문이었던 것들의 조각들이 사방으로 날아갔다.

장원의 정문이 박살나자 요란한 종소리와 함께 무인들이 검을 꼬나쥔 채 나타났고, 그 중심에는 장포를 입은 중년인이 서 있었다.

중년인은 철선문의 정문을 박살낸 사내를 부리부리한 눈동자로 노려보고 있었다.

"이노옴! 이곳이 어디인지 알고 이런 행패를 부리는 게냐!"

"네가 철선문의 문주인가?"

"그래! 내가 금은철이다!"

"얘기나 좀 나누지."

"하? 봉문중인 철선문의 정문을 박살내놓고 이제와 이야기를 나눠보자는 것이냐! 이런 파렴치한을 보았나! 네놈과 나눌 이야기는 없……!"

콰가강—!

태무선의 권격이 금은철을 스쳐지나갔고, 저도 모르게 고개를 돌린 금은철은 한순간에 박살난 건물의 일부를 훑어보며 마른침을 삼켰다.

"뭐라고?"

태무선의 짜증스럽게 물어오자 금은철이 급히 대답했다.

"……이야기를 나눠보지."

　　　　　＊　＊　＊

　"뭐, 뭐!? 자네가… 아니, 당신이 마교의 교주란 말인
가? 아니 말입니까!?"

　금은철이 놀라 자빠질 기세로 일어서자 태무선이 고개를
끄덕였고, 현각이 빠르게 수습했다.

　"현재 무림맹과 마교는 일시적 동맹을 맺은 상태입니다.
이것은 동맹을 나타내는 증서이고요."

　현각이 품속에서 무림맹과 마교가 일시적 동맹을 맺은
것을 증명하는 증서를 꺼내자 이를 확인한 금은철은 벌렁
거리는 가슴을 겨우 진정시킬 수 있었다.

　'무공 실력이 대단하여 평범한 자는 아니라 생각했는
데… 설마 마교의 교주였다니!'

　죽었다 알려진 마교의 교주가 오 년 만에 모습을 드러내
자 금은철이 괜시리 식은땀이 흐르는 듯 했다.

　"그나저나… 철선문은 왜 찾아온 것입니까?"

　절로 공손해진 금은철의 물음에 태무선이 단도직입적으
로 말했다.

　"무림맹과 마교는 사악교에 대항하기 위해서 힘을 모으는
중이야. 그래서 봉문중인 문파들을 찾아다니는 중이고."

　"허……."

　그제야 태무선이 철선문을 찾아온 이유를 알게 된 금은

철은 당혹스러움을 감추지 못했다.

"뜻은 알겠으나… 우리 철선문은 정사대전에 패배하여 봉문을 하였습니다. 보통 봉문을 한 문파는 최소 오년간은 외부활동을 할 수 없는 것이 이 무림의 불문율입니다."

금은철의 말을 들은 태무선이 현각을 바라보자 그가 고개를 끄덕였다.

"맞습니다."

"그래서… 앞으로 이년간은 더 문을 닫아야 한다는 말이야?"

"아, 안타깝게도 그렇습니다."

금은철이 정말로 안타깝다는 듯 씁쓸한 표정을 지으며 태무선의 눈치를 봤다.

그런데 태무선의 표정이 조금 이상했다.

"그럼 봉문한 문파들은 죄다 이년을 기다려야 한다는 거잖아."

"대신 조건이 하나 있습니다."

가만히 얘기를 듣고 있던 유선이 손을 번쩍 들어 올리자 금은철의 얼굴이 사색으로 변했다.

"그, 그것은……."

금은철이 안절부절 못하자 유선이 빙긋 웃으며 말했다.

"봉문을 한 문파는 오년간 문을 닫고 있어야 하는 대신에, 문파에 위험이 닥쳐오면 이례적으로 봉문을 해제할 수 있어요!"

"위험이 닥쳐오면?"

태무선과 유선의 대화를 지켜보던 금은철이 재빨리 끼어들었다.

"하하… 그, 그렇습니다. 사악교가 직접 저희를 공격해 오지 않는 이상 저희는 봉문을…….."

"굳이 사악교가 아니어도 되잖아?"

"예……?"

"굳이 사악교가 너희를 공격할 필요는 없잖아?"

"그게 무슨……?"

태무선이 손가락으로 자신을 가리켰다.

"걱정 마, 내가 마교의 교주이니 내가 직접 철선문의 위협이 되어주지."

"아…아니! 그… 무림맹과 마교는 동맹을 맺었다고 하지 않았습니까?"

"하지만! 중원 무림은 아직 무림맹과 마교의 동맹을 알지 못하죠. 애초에 믿지도 못할 테고요!"

유선이 싱긋 웃으며 설명하자 금은철은 원망 섞인 눈동자로 유선을 노려보았다.

그러나 이미 엎질러진 물.

태무선은 손목을 풀며 자리에서 일어섰다.

"일단 가볍게 건물 몇 채만 박살내줄게."

"아…아……."

금은철이 눈물이 흘러나왔다. 실제로 그의 눈에선 눈물

이 흐르진 않았지만, 그는 마음속 깊은 곳에서부터 눈물을 흘렸다.

지금 철선문의 장원을 지탱하던 건물들이 태무선에 의해 철저히 박살났다.

명목상으로는 위협을 조작하여 봉문을 해제하기 위함이 었는데, 건물을 박살내고 돌아온 태무선의 얼굴에선 후련함이 느껴졌다.

"속이 다 시원하네."

만족한 듯 입가에 웃음꽃을 피게 된 태무선은 현각을 향해 물었다.

"다음은 어디야?"

그날 이후로 북부지역에서는 이상한 괴소문이 퍼져나가기 시작했다.

그것은 바로 미쳐버린 마교의 교주가 봉문을 한 문파들을 차례차례 박살내기 시작했다는 것.

그리고 문파들을 박살낸 마교주는 얼굴에 행복한 미소를 머금고 있었다는……

〈다음 권에 계속〉